MIL COISAS
PODEM ACONTECER
CB007030

Título original: *Mil cousas poden pasar – Libro I*

Tradução
Luis Reyes Gil

Edição geral
Sonia Junqueira

Diagramação
Jairo Alvarenga
Diogo Droschi

Revisão
Aiko Mine

Dados Internacionais de Catalogação na Publicação (CIP)
(Câmara Brasileira do Livro, SP, Brasil)

Fernández Serrano, Jacobo
Mil coisas podem acontecer / textos e ilustrações
Jacobo Fernández Serrano ; tradução Luis Reyes Gil. --
3. ed.; 1. reimp. -- Belo Horizonte : Yellowfante, 2022.

Título original: Mil cousas poden pasar – libro I
ISBN: 978-65-86040-13-5

1. Literatura infantojuvenil I. Título.

20-34717 CDD-028.5

Índices para catálogo sistemático:
1. Literatura infantil 028.5
2. Literatura infantojuvenil 028.5

Maria Alice Ferreira - Bibliotecária - CRB-8/7964

A **YELLOWFANTE** É UMA EDITORA DO **GRUPO AUTÊNTICA**

Belo Horizonte
Rua Carlos Turner, 420
Silveira . 31140-520
Belo Horizonte . MG
Tel.: (55 31) 3465 4500

São Paulo
Av. Paulista, 2.073, Conjunto Nacional,
Horsa I . Sala 309 . Cerqueira César
01311-940 . São Paulo . SP
Tel.: (55 11) 3034 4468

www.editorayellowfante.com.br
SAC: atendimentoleitor@grupoautentica.com.br

Prêmio Merlín 2009

3ª EDIÇÃO
1ª REIMPRESSÃO

Yellowfante

Dedicado
à minha tia-avó
Lina de Marín

ÍNDICE

PRIMEIRA PARTE. LINA E POUCO

SEGUNDA PARTE. A VIAGEM DE IDA

O mundo
1
5
2
1. Em direção à praia Lourida.
2. Palácio real
3. Bosque de Gondollin
4. Cratera abissal
5. Ventos Cambiantes Descolocantes (VCD)
6. A Maior Batalha da História
7. Vale das Galinhas
8. Megalagoa submarina de Portor

dentro do mar
4
3
6
7
8
N
O
L
S

O mundo
1
2
3
4
5
1. Nil
2. Rio Inrique
3. Montes do Caminho
4. O Ancião
5. Vale das Nove Fontes
6. Deserto Nublado
7. Planície Pedregosa
8. Montes Novos
9. Milharal do Consolo
10. Praia Lourida

fora do mar
6
7
8
9
10
N
O
L
S

A VILA
5
2
8
10
1. Cemitério
2. Praça do Conselho
3. Barranco dos Loureiros
4. Rio Inrique
5. Pântano Onde Não Amanhece
6. Granja do Ariosto
7. Antigo Ginásio Municipal
8. Joalheria Colmeia
9. Padaria Prateleira
10. Escola Municipal

E NİL
1
9
3
4
7
6
N
O
L
S

PRIMEIRA PARTE

LINA E POUCO

Capítulo 0
UMA NUVEM PASSA

Uma nuvem quase transparente sobrevoa o bosque, bem perto das copas das árvores. Muito calada, como se guardasse um segredo. Parece que vai ficar presa nos galhos, mas o ar leva-a em direção à costa. Uma vez ali, outra brisa empurra-a mar afora. E, embora não tivesse cara disso, ela deixa cair três pinguinhos:

– Tin, Ton, Tin.

Começa a nossa história.

peixes

mariscos

plantas submarinas

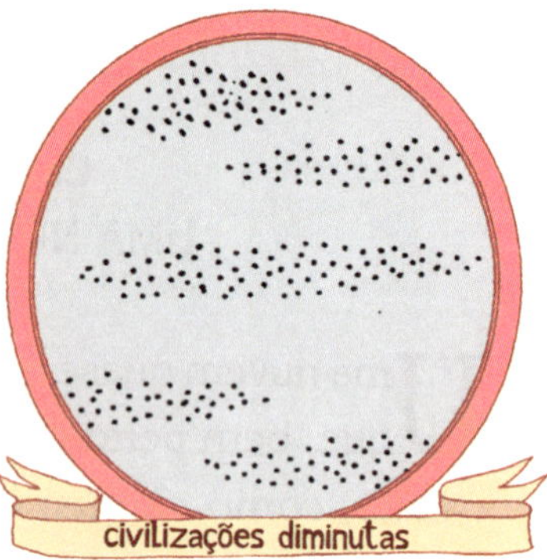
civilizações diminutas

bichos abstratos

Capítulo 1

O MUNDO DENTRO DO MAR

— Goain! Kloumg, Gliuiuiuin!

É mais ou menos assim que os três pinguinhos seriam ouvidos por quem estivesse dentro do mar. Só que soam tão baixinho, e dentro do mar há tantos ruídos semelhantes, que os que vivem ali embaixo nem se dão conta. Podem ser três pingos ou o dilúvio universal.

O fundo do mar é habitado por todo tipo de seres: a maior parte deles são peixes, mariscos, plantas submarinas, civilizações diminutas... e todos têm um rei: É Pindo IV, O Tratável, assim chamado por sua afabilidade, em contraste com o caráter esquivo e repugnante dos seus antecessores.

Não que essa gente precise de um monarca, já que estão acostumados a governar a si mesmos e não toleram ordens de ninguém; mesmo assim, estão encantados por terem um. Gostam dos seus discursos e de acompanhar os acontecimentos da sua vida como se fosse uma novela. Viram-no nascer, assistiram ao seu batizado, ao seu primeiro dia na escola, ao seu casamento com a princesa Donalbai, ao nascimento da filha, Neda, ao nascimento do filhinho, Mercurim, e, durante todo esse tempo, a todos e cada um dos aniversários reais, Pindo IV, O Tratável, costuma presentear o povo com a famosa empanada de gaivota saída dos fornos de borbulhas do palácio.

Talvez tenha sido o aroma da empanada de gaivota, que já inundava os aposentos palacianos, o que fez Neda, saltando um metro e meio, exclamar:

– Mercurim, depois de amanhã é o aniversário do papai!

– Certo! E a gente ainda não arrumou um presente!

Capítulo 2

OS DADOS QUE FALTAM

Antes de continuar, e para que tudo siga bem organizadinho, aqui vão os dados que faltam:

Como vocês veem nos desenhos, Pindo e Mercurim são tritões. Donalbai e Neda são, portanto, sereias. Tanto os tritões como as sereias foram sempre os integrantes da linhagem real submarina, desde que ela existe. E por que tritões e sereias e não robalos ou peixes-espadas? Muito simples: porque foi um tritão o primeiro que teve a ideia.

Foi há milhares de anos. Um tritão chamado Meanho decidiu nomear-se rei, e que a sua descendência também o fosse. E como não fazia mal a ninguém e parecia muito entusiasmado, deixaram-no estar. Desde então, ficou conhecido como Meanho I, O Que Teve a Ideia. Pois bem, a família real desta nossa história é herdeira desse primeiro rei.

Uns quantos dados mais para rematar: a filha, Neda, tem uns onze anos. Mercurim tem nove. Donalbai, uns trinta e oito, e Pindo IV é um pouco mais velho. Dito isso, já podemos prosseguir.

Meanho no momento em que teve a ideia.

Capítulo 3

A COROA DO REI DO MAR

Para vocês e para mim, o que Pindo IV leva na cabeça é uma chaleira enferrujada, que, ainda por cima, é pequena para ele; mas para o povo marinho é uma lindíssima coroa, uma beleza trazida do além.

Isso acontece porque para eles as coisas de fora da água são objetos valiosíssimos e muito apreciados. E não me refiro só aos tesouros naufragados noutros tempos, mas também a qualquer outra coisa atirada ao mar por um despreocupado, como a chaleira em questão.

Mas a chaleira, embora bonita, já estava há muitos anos enfeitando a cabeça real. Na opinião da rainha Donalbai, já era tempo de o rei estrear uma coroa nova. Por isso, quando Neda perguntou à mãe:

– Mamãe, o que a gente pode dar de presente de aniversário pro papai?

A rainha respondeu:

– Isso é coisa de vocês, meus filhos, vejam aí. Aliás, mudando de assunto... Vocês viram o quanto a coroa do seu pai está velha?

Capítulo 4

ASSIM ERAM, MAIS OU MENOS

Assim era a rainha Donalbai: deixava cair as ideias, com intenção de ajudar, sem querer que isso fosse muito evidente. Depois da dica da mãe, a princesinha convocou o irmão para uma reunião secreta no leito das algas. Uma vez ali, disse-lhe:

– Acho que encontrei, Mercurim; depois de muito pensar, dei com a solução. Já sei o que podemos dar de presente para o papai: uma coroa nova!

Assim era Neda: costumava pegar as ideias da mãe e apresentá-las a Mercurim como se fossem dela, como se surgissem nos seus miolos depois de horas de meditação. E não fazia por mal, mas porque estava convencida de que assim era.

Ao que respondeu Mercurim:

– Perfeito! Mas, com certeza, teremos problemas: não sei onde poderemos localizar uma com o pouco que falta para o aniversário, porque já faz tempo que não se vê nenhuma nova beleza do além, e ainda por cima tem a questão do tamanho, e pode ser que ele não goste, ou que fique pequena nele, ou grande, sei lá eu, Nedinha, mil coisas podem acontecer!

E assim era Mercurim: diante de uma proposta, respondia sempre "perfeito!", para, em seguida, enumerar uma longa fileira de inconvenientes e dificuldades, que rematava com a frase: "Sei lá eu, Nedinha, mil coisas podem acontecer!".

Mas Nedinha, que conhecia muito bem o irmão, já vinha com a resposta preparada:

– Não vai haver problema algum. A gente vai até a terra, pega a primeira beleza que encontrar, envolve com algas coloridas e dá de presente ao nosso pai. Se não servir, a gente, com calma, troca!

– Perfeito! Se bem que...

– Nada de "se bem que"! É a única solução!

– Tudo bem, tudo bem, vamos fazer assim – consentiu Mercurim, quase convencido; e rematou, muito baixinho:

– ...se bem que, sei lá eu, Nedinha, podem acontecer mil coisas!

Neda, que já tinha ido preparar tudo, nem ouviu. Mas eu digo agora: "Ai, Mercurim, você não imagina o quanto as suas palavras se mostrarão certas!".

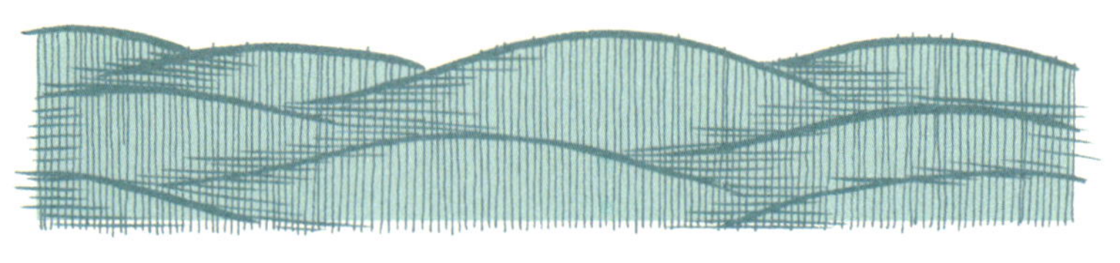

Capítulo 5

UM MAR QUE VOA

Brilhava o sol na superfície do oceano. De repente, a pele do mar avolumou-se e uma imensa massa d´água separou-se do resto, ficou uns minutos boiando, arredondou a forma até ficar parecendo uma nuvem e começou a voar devagarinho para oeste, em direção à costa.

Esse é, nem mais nem menos, o meio de transporte que a família real marinha costuma empregar quando quer fazer uma excursão terra adentro. No interior dessa nuvem esverdeada coberta de ondas, além dos peixes, os mariscos, as algas, as civilizações diminutas e os bichos abstratos que passavam por ali, viajavam Mercurim e Neda, respectivamente o príncipe e a princesa do mar, à procura de uma coroa para dar de presente ao pai, o rei Pindo IV, pelo seu aniversário. Que tenham sorte! Pois, como dizia um parente do gato Kandás:

Sempre erro, por mais que tente,
quando dou algum presente.

Capítulo 6

O MUNDO FORA DO MAR

O que posso contar a vocês sobre o mundo fora do mar? Afinal, vocês já o conhecem. Há animais que falam, as plantas têm sentimentos e os objetos possuem alma. Tem gente boa, gente má, e outros que não são nem bons nem maus. Gente má complica as coisas, gente boa descomplica, e gente nem boa nem má deixa as coisas como estão; o que é muito ruim se as coisas estão mal, mas é ótimo quando as coisas estão bem.

É mais ou menos assim o mundo fora do mar. Terra adentro nesse mundo, muito afastada da costa, fica a vila de Nil, dá pra ver? É esse lugar atravessado por um rio lá ao longe.

– PUM, PAM!

Que coisa! Parece que Nil está em festa... Vamos chegar mais perto, porque é ali que vivem Lina e Pouco, os verdadeiros protagonistas desta história.

Capítulo 7

LINA

Lina é uma moça normal e comum. Sua vida foi seguindo como a do resto da gente da sua idade na vila de Nil. De pequena foi à escola, de mocinha começou a trabalhar na pesca fluvial, depois conheceu Pouco num baile, namoraram, e há um ano casaram e foram viver a vida juntos e ser felizes, mas o destino não quis. Alguns dias após o casamento, começou a guerra em Nil, e Pouco teve que se tornar soldado.

Hoje, Lina está muito contente: a guerra acabou, e seu homem poderá deixar as armas e procurar outro emprego mais tranquilo. Corre o boato de que todos os soldados vão virar músicos de banda.

– Bem-vinda! Bem-vinda a Paz Definitiva! – berravam grupos de pessoas pelas ruas.

Lina também gritava com todas as suas forças: – Bem-vinda! – enquanto se perguntava:

– Que instrumento Pouco poderia tocar? Um não muito grande, espero.

Capítulo 8

POUCO, O MARIDO DE LINA

Pouco é um rapaz normal e comum. A vida foi levando-o como fez com o resto da gente da sua idade na vila de Nil. De pequeno foi à escola e de moço trabalhou no campo com o pai. Uma noite, num baile, conheceu Lina e se apaixonou por ela. Pouco tempo depois se casaram, para levar a vida juntos e ser felizes. Mas não foi possível, vocês já sabem: a guerra.

Felizmente, ontem acabou, e as ruas estão cheias de gente que grita:

– Bem-vinda a Paz Definitiva!

Todos gritam, menos Pouco, que, além de muito baixinho, é mudo, desde sempre.

Já de menino, quando a gente da vila viu que ele demorava a falar, perguntava à mãe:

– O seu menino não fala?

E ela respondia:

– Pouco.

Outras vezes, as pessoas viam que o menino continuava baixinho e perguntavam:

– O seu menino não cresce?

E ela respondia:

– Pouco.

Como vocês veem, a mãe de Pouco não era muda, se bem que não faltava muito para isso. Grixoa era uma mãe muito boa, mas mulher de poucas palavras. Sempre que os vizinhos lhe faziam alguma pergunta sobre o pequeno, ela respondia:

– Pouco.

Sabe nadar? Dorme bem? Gosta de purê? Lê histórias? Comporta-se bem na escola? Pouco, pouco, pouco, pouco e pouco, e foi por isso que todos acabaram chamando-o de Pouco, embora a mãe tivesse pensado em colocar Boqueijão.

– Bem-vinda a Paz Definitiva! Viva! Pum! Tracatacatá!

Viva a paz, é claro, viva sempre a paz, mas... Por que foi que começou a guerra?

Capítulo 9

A GUERRA DO LEITO SECO

Como já contei mais atrás, a vila de Nil é atravessada por um bonito rio, de nome Inrique. Há coisa de um ano, o rio desapareceu: sem mais, não estava no seu leito e ninguém sabia onde poderia estar. Imaginem o que isso representou para os nilenses, um povo que vive em grande medida da agricultura e da pesca fluvial: era uma catástrofe de enorme magnitude. Mas a verdadeira tragédia ainda estava por vir.

Com o passar dos dias, a gente da vila começou a se inquietar e surgiram boatos venenosos sobre os causadores do feito. Os de uma margem garantiam que os da outra tinham o rio preso num vaso gigante com uma tampa gradeada. E os da outra afirmavam que aqueles o haviam roubado para cortá-lo em círculos e vendê-lo a uma fábrica de espelhos. Por fim, uma tarde as duas metades do povo encontraram-se no leito seco do rio. Estavam todos muito excitados, insultaram-se, gritaram, e começou a guerra.

Durante quase um ano, todas as segundas, quartas e sextas, das seis às nove, os guerreiros lutaram no leito seco. Muitos deles não sabiam por que

lutavam, só sabiam que cada dia odiavam mais o inimigo, que estavam cansados e que lhes doíam os ossos das mãos e dos pés. Foi uma guerra terrível. Até ontem.

Ontem terminou. Às quinze para as sete, em plena batalha, em pé no meio do leito seco, o rio Inrique apareceu e disse:

– Por que essa guerra?

Capítulo 10

A PAZ DEFINITIVA

Ao rio Inrique, como aos rios em geral, não importava muito o que acontecera às pessoas que viviam à sua margem. Não quero dizer com isso que o rio fosse um egoísta ou um malvado, não: simplesmente era um rio, e os rios ficam ou vão embora quando lhes apetece, e depois voltam, ou não voltam, sempre foi assim.

Mas na vila de Nil não pararam para pensar no mais simples, no que os velhos sabem e gostam de contar se alguém lhes pergunta. Na vila de Nil, preferiram alvoroçar-se, inventar culpados entre os vizinhos e brigar durante um ano às segundas, quartas e sextas.

– Quem é que entende vocês! – disse Inrique.

E então, como os nilenses não diziam nada, apertavam os beiços e seus olhos se enchiam de um brilho trêmulo, decidiu contar-lhes onde estivera durante o ano todo:

– Saí em viagem de estudos. Tinha vontade de aprender e curiosidade por tudo, então fui embora. E vou lhes dizer uma coisa: que vasto e bonito é o mundo! Quantos países e cidades! Quantos jeitos de viver a vida! Agora me sinto outro, um rio novo! Mas quanto me resta ainda aprender!

O certo é que parecia mesmo bem mudado. Vinha de chapéu e costeletas, e carregando várias malas e baús de onde transbordavam montes de livros e cadernos. Ao seu redor voavam pássaros e insetos que nunca haviam sido vistos pelo vale, e nas suas margens brotavam plantas belas e desconhecidas. Via-se bem que era Inrique, e, contudo, parecia outro, um outro Inrique, um Inrique estudado e viajado.

Os exércitos, envergonhados, desataram a chorar os sete chorares, e ficaram pedindo perdão uns aos outros entre soluços. Ali mesmo foi firmada a Paz Definitiva.

O rio deitou-se no seu leito, inundando os vestígios de um ano de guerra, e disse:

– Por que vocês não transformam os exércitos numa banda de música? Suponho que devem saber desfilar, e uniforme vocês já têm; o resto se aprende.

Então ficou um tiquinho em silêncio, com os olhos fechados, como se lembrasse de alguma passagem agradável da viagem – poder-se-ia dizer até que dançava – e gritou:

– Quanta música extraordinária existe pelo mundo!

Todos aplaudiram e choraram e se beijaram, vislumbrando, pela primeira vez em todo um ano, um futuro tranquilo e luminoso para a vila de Nil.

Capítulo 11

E OS INSTRUMENTOS?

A ideia do rio Inrique foi muito bem recebida entre os ex-combatentes; contudo, ninguém sabia como colocá-la em prática, e, o que é mais importante, não sabiam onde arrumar os instrumentos musicais. Mas, para que vocês vejam que não é impossível que os nilenses aprendam com seus erros, um daqueles soldados disse:

– Por que não perguntamos a algum velho?

Em seguida, foram ouvidas duas mostras do mecanismo fisiológico caracterizado pela expulsão violenta e ruidosa de ar dos pulmões, isto é, duas tosses. As pessoas todas olharam para o lugar de onde vinham e deram com um velhinho sentado num banco que cuspia num lenço. Era dom Torsão, dissimulando, dobrando e guardando o lenço no bolso peitoral do paletó como se a coisa não fosse com ele.

Um oficial de infantaria da margem norte refletiu interiormente:

– Caramba, que jeito mais elegante de se oferecer à comunidade para resolver qualquer questão que precise da visão e do juízo dos seus noventa e nove anos.

E a seguir inquiriu, com um vozeirão militar:

– Escute, dom Torsão, o senhor não saberia como conseguir os instrumentos para montar uma banda de música na vila?

Um sorriso maroto nasceu sob o rugoso e peludo nariz de dom Torsão antes de ele contar tudo o que sabia. E o que contou foi que uma vez houve na vila uma banda, da qual ele fora regente, que se dissolvera durante a epidemia de enxaqueca de sessenta anos atrás. Mas no porão do edifício do Conselho ainda estão guardados todos os instrumentos nas capas e estojos, e bastaria só passar um pano por cima e afiná-los um pouco. E que até ele, se lhe passassem um pano por cima e o afinassem um pouco, daria um bom regente para a nova banda de Nil.

Houve uma gargalhada coletiva de aprovação. E dona Numerosa, a prefeita, que graças à sua neutralidade mantivera o cargo durante toda a guerra, atenta como sempre ao sentir do povo, nomeou dom Torsão regente da banda e proclamou:

– Muito bem! Assunto encerrado! Amanhã será a festa de Boas-Vindas à Paz Definitiva, e será realizado o sorteio dos instrumentos! Vou buscar as chaves do porão!

Capítulo 12

POUCO VIRA MÚSICO

— Tracatacatá! Pum! Pum! PAM!

Os fogos de artifício e os rojões de sete estalos animavam as ruas lotadas de Nil. Por toda parte havia gente rindo e falando, comendo e bebendo. Respirava-se a alegria! E entre as pessoas estava Lina, dirigindo-se ao Conselho para ver se Pouco já saíra do sorteio dos instrumentos.

Pela porta do salão de cerimônias do Conselho começavam a aparecer os afortunados que, assim que pisavam na praça, eram recebidos com aplausos e parabéns. O primeiro foi dom Torsão, fazendo dançar no ar sua batuta, com a qual fazia estranhos movimentos, a meio caminho entre varinha mágica e florete de esgrima. Depois Nuno Faia, levantando acima da cabeça um enorme tambor. Em seguida aparece Parsi Vázquez, a generala, mostrando uma flauta transversa reluzente da qual ninguém diria que estivera sessenta anos fechada num depósito municipal.

E assim foram passando todos os soldados que lutaram na guerra do Leito Seco, cada qual com seu instrumento: clarinetes, caixas, trompetes, cornetas, saxofones, gaitas, trombones, todos eles em perfeito estado. Mas o tempo passava e Pouco ainda não havia saído daquele salão de cerimônias.

Lina era paciente por natureza, e não deu importância àquele atraso. Por fim, chegou o seu homem, arrastando com grande esforço um instrumento bem maior do que ele.

– Mas o que é que o Pouco está carregando? – as pessoas comentavam.

Aquela enormidade metálica era, porém, um objeto muito bonito, cheio de tubos dourados que se curvavam e volteavam num labirinto sem fim, até rematar numa ampla campana.

– A tuba! É a tuba! Pouco ficou com a tuba! – gritou alguém no meio do público.

– Bravo! Bravo!

E todos aplaudiram como fizeram com os demais novos músicos da banda. E, mesmo que não conseguisse erguer seu instrumento para mostrá-lo aos presentes, Pouco sentia-se muito orgulhoso e cheio de expectativa com sua tuba.

– Parabéns! – disse-lhe Lina com um beijo.

Capítulo 13

PRIMEIROS ENSAIOS

Para trás ficaram os dias em que Pouco era um soldado; agora é músico, e uma grande parte do trabalho dos músicos, como vocês bem sabem, é ensaiar. Assim, Lina e Pouco levantaram cedo para começar a praticar com a tuba. Bem, na verdade, quem ia ensaiar era Pouco, mas ele precisava de um pouco de ajuda para carregar o instrumento até um pradinho junto à sua casa, onde pensou em passar a manhã estudando música.

Chegados ao campo, colocaram a tuba com cuidado sobre a grama.

– Olhe aí, Pouco, veja que dupla! – comentou Lina, divertida, ao ver as imagens deles dois refletidas no reluzente metal do instrumento.

As voltas e reviravoltas funcionavam como espelhos deformantes, se é que vocês já viram algo assim alguma vez. Lina via-se encompridada, com um pescoço quilométrico. Pouco, em outra parte do instrumento, aparecia gorducho e ondulado, como se estivesse mergulhado na água.

– Cá estamos nós, Pouco: a moça girafa e o músico submarino!

Riram com gosto da brincadeira e logo se concentraram na observação da ferramenta de trabalho que o acaso pusera nas mãos de Pouco.

Basicamente, a tuba é como um caracol gigante que em vez de cabeça tem uma campana, e em vez de concha tem uma confusão de tubos enrolados. Numa extremidade desse emaranhado dourado pode-se distinguir um bocal por onde se assopra, e do outro lado uns botões para dar as notas.

A primeira coisa que Pouco deduziu é que a campana deveria apontar para cima, já que é por ela que sai o som, e não parecia certo jogar a música no chão. O resto foi simples: abraçou o instrumento, tateou com uma mão até achar os botões das notas, pôs os lábios na embocadura e soprou com força.

O som obtido foi exatamente:

– Pffffrrr...!

Capítulo 14

SEGUNDA TENTATIVA

Certo, soou mal, muito mal, mas Pouco era um rapaz de boa memória e nesse instante mesminho lembrou uns versos atribuídos a um parente do gato Kandás, que diziam o seguinte:

A velha bruxa jurava
que bem melhor desenhava
quanto mais desenhava.
E assim com tudo se dava.

Mesmo que a cançãozinha parecesse algum tipo de esconjuro para desenhistas, Pouco soube aplicá-la ao seu problema, dizendo a si mesmo:

– Pronto, você já sabe, Pouco, que quanto mais se desenha melhor se desenha, e assim é com tudo.

Assim, Pouco não se intimidou com aquele primeiro fracasso; pegou mais ar nos pulmões e soprou de novo:

– Pfffu!

– Muito melhor! – animou-o Lina, que observava pacientemente as evoluções do seu esposo.

Pouco, com as bochechas vermelhas, levou uns segundos para recuperar o fôlego; encheu o peito todinho e tentou pela terceira vez, com toda a energia que conseguiu juntar.

– POU! – soou a tuba, alto e claro.

– Bravo! Agora sim! – felicitou-o Lina aplaudindo – Bravo!

Pouco, atônito, repetiu:

– POU!

A sua expressão era de felicidade plena, não só por conseguir produzir o primeiro som potável daquela tuba, mas pela própria natureza daquele som.

– Pou? – pensava Pouco –, Pou? Será possível? – E soprava de novo uma e outra vez, com os olhos muito abertos:

– POU! POU! POU!

– Que beleza, Pouco! Desse jeito, você vai dizer o seu nome! – brincou Lina; porém, como costumava acontecer, atinou com o essencial do assunto, pois era justamente isso o que tinha deixado Pouco alucinado. Era o fato de que, pela primeira vez na vida, conseguia pronunciar o começo do próprio nome: era capaz de dizer "Pou"!

– É isso mesmo! – disse Lina, adivinhando-lhe o pensamento. – E olha que é só o primeiro dia de ensaio! Imagine quando você já estiver ensaiando há um mês, vai poder se apresentar com nome e sobrenomes!

Pouco ria como se acabassem de lhe fazer uma surpresa, um presente inesperado. Ele sempre fora mudo, e agora, graças àquela tuba, via muito perto a possibilidade de, no mínimo, pronunciar o próprio nome, e, no máximo, quem poderia dizer?

Essa foi para Lina e Pouco uma alegria a mais, que vinha se somar à grande alegria pelo fim da guerra e à maior alegria de todas, que era estarem juntos.

Mas, por estranho que possa parecer a vocês, a alegria de umas pessoas pode causar sofrimento

a outras, pode fazer revirar suas tripas e fazer escorrer por suas costas um suor frio. É esse tipo de pessoa que, quando vê alguém rindo, em vez de se contagiar com o riso, pensa: "Ri agora, ri, que já, já você vai chorar". Pois bem, no limite daquele pradinho, agachada atrás de um freixo, uma figura esquelética, empapada de suor e com as tripas revolvidas, rosnava sem mover os lábios:

– Riam agora, que já, já vocês irão chorar.

Seu nome: Hedião.

Capítulo 15

HEDIÃO, O IMPERADOR SOMBRIO

A vila de Nil, como todas as vilas, tem um cemitério. Fica num canto do povoado, de costas para o pequeno barranco dos loureiros. Esse cemitério tem um encarregado, um funcionário municipal que cuida da manutenção e de enterrar os mortos; o nome dele é Elpídio Comesanha, mas prefere ser chamado de Hedião, o coveiro.

Hedião é coveiro por vocação, ou seja, ele ama seu trabalho e tudo o que faz parte dele. Veste casaco preto de mangas ajustadas e calça risca de giz, também bem justa. Ainda que de nascença tenha cabelo crespo, aloirado e seja bem moreno de pele, Hedião maquiou-se para ficar com a pele pálida e olheiras roxas, tingiu o cabelo de preto alcatrão,

alisou-o e cobriu o conjunto todo com uma capa preta e um chapéu de copa alta.

Como veem, Hedião é um coveiro que se veste de coveiro horripilante, e tem o cemitério decorado de acordo com seu estilo. Ou seja: lápides inclinadas, cruzes rachadas, árvores secas com galhos retorcidos, grades enferrujadas, teias de aranha, morcegos, enfim, a parafernália toda.

Para Hedião o cemitério é a verdadeira cidade de Nil, e ele, seu imperador. A outra nada mais é do que um lugar de passagem, uma residência provisória onde os nilenses passam um tempo, que vem a ser sua vida, até que se tornam merecedores de fazer parte da distinta população da verdadeira Nil, onde ele os aguarda.

– Sejam bem-vindos, súditos de Hedião, imperador sombrio da autêntica Nil. Imperador sombrio, mestre escuro, senhor das trevas, por aí vai a coisa. Vão nessa linha todos os pomposos títulos que Hedião se dava, mesmo que para o resto do povo não seja mais do que um encarregado da manutenção um pouco excêntrico e pouco trabalhador, que conserva o cemitério feito um desastre.

Capítulo 16

O RICTO

Um dos jeitos preferidos que Hedião tem de passar o tempo é falando consigo mesmo. Como ao longo desta história vocês irão ouvir um ou outro dos seus solilóquios, é bom já avisar quais são as três características principais do seu falar.

A primeira é que Hedião trata a si mesmo de "senhor"; talvez o respeito que lhe inspira sua própria pessoa o impeça de tratar a si mesmo de "você". É bom vocês já irem se habituando.

A segunda é que ele costuma empregar um tom solene e afetado, combinado com um vocabulário grandiloquente, com a intenção de deixar frases para a história. Nem sempre isso acontece.

E a terceira e última é a mais importante, uma das maiores realizações na forja de sua identidade de coveiro terrorífico: o que ele deu de chamar de O Ricto.

Hedião odiava a expressividade dos rostos, considerando-a uma indiscrição, uma obscenidade e um exibicionismo indecoroso. Na sua opinião, as pessoas não têm por que mostrar se estão tristes, alegres, preocupadas ou distraídas. Essa mobilidade irracional de sobrancelhas e boca era-lhe insuportável, e decidiu entregar-se à prática do Ricto até dominá-la totalmente. Depois de muito sacrifício, seu semblante adquiriu uma imobilidade forçada, tensa, imperturbável e majestosa. Mas era justamente no falar que os resultados de tanto esforço e disciplina se mostravam em toda a sua espetacularidade, pois emitia frases inteiras sem abrir um milímetro de seus esbranquiçados lábios. Como se o seu discurso fosse pensamento materializado em som, sem passar pela orgânica vulgaridade do aparelho fonador. Como ele mesmo costuma dizer:

– Ó, Hedião, monarca escuro, fala o senhor do mesmo modo como pensam as estátuas: com falas lavradas em pedra.

Capítulo 17

E POR QUE ESPIAVA LINA
E, MAIS AINDA, POUCO

O caso é que por trás daquele semblante pétreo escondia-se uma alma sensível. Já fazia um tempo que Hedião sentia uma emoção indescritível, uma vontade até então desconhecida, uma força irreprimível que pulsava dentro dele com insistência: o desejo de ser artista e, mais concretamente, músico.

Para alguns poderia tratar-se de um simples capricho, mas para outros seria a descoberta de um sentido para a existência – vocês podem escolher o que melhor lhes parecer, ou fazê-lo melhor ao final desta história. Quem é que sabe o que se passa dentro da cabeça das pessoas?

Mas Hedião continuava sendo Hedião, e o Hedião músico teria de encontrar um instrumento digno do Imperador Sombrio e da sua corte de finados. Em princípio, é claro, pensou no órgão de catedral, mas descartou a ideia logo, pois era um instrumento aparatoso e inacessível.

Foi então que Inrique voltou, pôs fim à guerra e dom Torsão informou o que estava guardado no porão do Conselho. Nesse mesmo instante, Hedião escolheu seu favorito, o mais grave, aquele cujo som faz tremer o chão, o enorme e senhorial, o rei dos desfiles: a tuba.

– Ó, Hedião, a tuba tem a voz da noite. Essa voz nasceu para cantar aos defuntos e para indicar aos vivos o caminho até o seu pedaço de terra. Soprar e desfilar, soprar e desfilar, ó, que coisa mais bela!

Mas às vezes as coisas não saem como a pessoa quer. Primeiro, não conseguiu participar do sorteio porque não era um ex-guerreiro. E, segundo, o seu ansiado instrumento já tem dono: a tuba coube a Pouco.

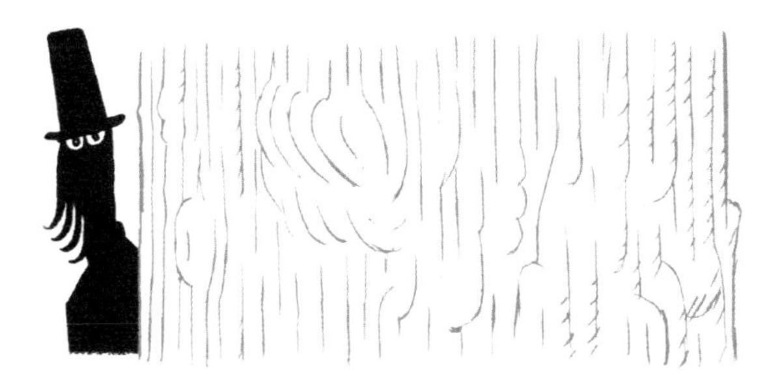

Capítulo 18

A COROA PERFEITA

— O que foi, Nedinha, viu alguma coisa?

– Ainda não, mas venha, dê uma olhada, olhe que beleza!

A bordo de um pedaço de oceano, os príncipes do mar sobrevoavam lentamente uma paisagem verde com pequenos vales e montanhas baixas. Era bastante parecida com o seu amado fundo submarino, mas havia uma diferença importante:

– Bonito, mas muito firme – disse Neda depois de dar uma olhada da parte mais baixa daquela nuvem gigante de água do mar.

E tinha razão: as coisas, lá embaixo do mar, não param quietas, ficam dançando e ondulando eternamente, como se mudassem de forma, como se não tivessem uma aparência fixa, mas sempre cambiante. Mas para eles dois isso era o normal; o estranho era aquela quietude da vida fora do mar. No entanto, de vez em quando soprava uma brisinha que movia as folhas das árvores.

– Tá vendo, Nedinha, um pouquinho as coisas se mexem.

De repente, aquela brisinha trouxe até eles um som que vinha de longe:

– Pou-pou-pou.

– Irmã, você ouviu isso?

– Ouvi, vem de trás daqueles montes! Vamos até lá!

E, seguindo aquele pou-pou-pou, dirigiram sua nave particular de água salgada até onde havia uma vilinha atravessada de lado a lado por um rio. Agora dava para ouvir melhor:

– POU-POU-POU!

– O som vem dali, daquele pradinho – descobriu Neda –, e então gritou emocionada:

– Olhe lá, Mercurim!

Um reflexo dourado cegou-lhe a vista. Cintilava de um jeito inigualável, desconhecido e misterioso, e provinha do objeto do qual saía aquele som teimoso.

– Mais perto, Mercurim! – gritou Neda pegando os binóculos.

Aquela era uma autêntica beleza do além, original, régia e sofisticada, o seu pai ficaria encantado, até parecia ser do seu tamanho.

Não havia dúvida alguma: era a coroa perfeita. Começaram a descer.

Capítulo 19

O CLIMA ESTÁ DOIDO

POU !POU !POU! Pouco continuava praticando, muito feliz, esforçando-se para ver se conseguia pronunciar seu nome com aquela tuba milagrosa. E tanto tentou que sua roupa ficou enredada no instrumento. Não sabia explicar como, mas a camisa e o jaleco ficaram enredados no labirinto de tubos dourados, e não havia quem os desenredasse.

– Pouco? Que foi que você fez? – Lina estava tentando ajudar, mas desatou a rir.

Com certeza, era algo incrível: o seu homem e a tuba fundiram-se numa mesma coisa, como se a tuba fosse parte dele e ele da tuba; parecia que haviam grudado uma espécie de enfeite colorido no instrumento num dia de festa. Lina e Pouco rachavam de rir, doía-lhes a barriga de tanto rir. Até que o céu escureceu de repente.

Segundos depois, Lina estava ajoelhada no meio de um charco enorme, totalmente molhada, tentando explicar o que acabava de ocorrer. Foi como uma chuva de um só pingo gigante que, depois de cobri-la por completo, tivesse repicado no chão e decidisse voltar tranquilamente para o céu. Era a chuva mais estranha que já vira na vida, vinha cheia de peixes e plantinhas flutuantes e, além disso...

– Argh! Água salgada! Mas, Pouco, você já viu alguma vez algo parecido com isso? Com certeza o clima endoideceu! Pouco?

Mas Pouco não estava mais lá, nem a tuba.

Capítulo 20

UMA OPORTUNIDADE PARA HEDIÃO

Por insólito que possa parecer a vocês, quando acontece alguma desgraça, embora a maioria lamente ou procure uma solução, há certas pessoas que pensam em como tirar proveito disso. São pessoas que ficam com os pelos da nuca eriçados e o peito estufado quando testemunham a dor alheia. E, oculto à sombra de um freixo, um homem fraco sentia na nuca umas cócegas prazerosas enquanto enchia os pulmões de satisfação: acertaram, era Hedião, o coveiro, entusiasmado diante da desgraça daquela pobre moça.

Lina olhava em todas as direções à procura de Pouco. Resistia a acreditar que aquela chuva fria o tivesse levado embora; sacudia do cabelo cachinhos de algas, olhando para o céu de vez em quando, lá ao longe, onde se perdia por trás dos montes um pedaço de água esverdeada.

– Ó, Hedião, príncipe do cemitério, parece que o destino abre um caminho para o senhor – disse a si mesmo o coveiro, enquanto, do seu esconderijo, olhava para Lina, que, não sabendo o que fazer nem o que pensar, só conseguiu chorar, cobrindo sua mágoa com as palmas das mãos.

Hedião, diante daquelas lágrimas, além de imenso gozo, sentiu a necessidade de deixar uma de suas frases para a história, ou talvez para esta história, e declamou:

– Observe o senhor, Hedião, o Infalível, como antes ou depois os risos tornam-se prantos, pois tal é o estado natural da alma humana.

Dito o quê, saiu devagarinho dali e tomou o caminho do Conselho, enquanto tramava uma desinteressada manobra de intervenção na realidade.

Capítulo 21

ASSUNTO ABERTO...

Segundos antes de entrar no Conselho, Hedião já havia adotado o seu "olhar penetrante", aquele com o qual reforçava o Ricto nas escassas ocasiões em que falava com alguém que não fosse ele mesmo. Uma vez dentro, pediu audiência com dona Numerosa, a prefeita. A conversa que mantiveram foi exatamente assim:

HEDIÃO: Suponho que já está a par da lamentável desgraça que ocorreu há escassos minutos no pradinho, querida colega.

PREFEITA: Como assim? O que aconteceu?

HEDIÃO: O tuba da nossa Banda Municipal recentemente criada foi sequestrado por uma massa de água voadora de origem desconhecida. Mas não há com o que se preocupar, tenho na minha mão a solução imediata para tudo quanto possa decorrer desse referido desaparecimento.

PREFEITA: Muito bem, aguarde só um momentinho...

A prefeita pegou uma pasta de uma grande caixa de pastas vazias, escreveu por fora "Sequestro do tuba da banda" e enfiou-a na letra "S" de "sequestro", dentro de um enorme arquivo que tinha escrito por fora o título ASSUNTOS ABERTOS. Feito isso, prosseguiu o diálogo.

PREFEITA: Então você irá resgatá-lo?

HEDIÃO: Não, não, essa não é uma coisa que seja da minha alçada; referia-me mais à gravíssima situação em que fica a nossa Banda Municipal.

PREFEITA: E o que acontece com ela?

HEDIÃO: Ficou sem tuba e sem um músico que a toque.

PREFEITA: Ah, tanto faz!

HEDIÃO: Não diga isso, dona Numerosa, a tuba é um dos instrumentos fundamentais numa banda. Mas aqui estou eu! E, a partir deste mesmo instante, ofereço-me para ocupar a mencionada vaga com a particularidade de que eu mesmo contribuirei com o instrumento, sem custo algum para os cofres municipais.

PREFEITA: Você? Mas se você é o coveiro!

HEDIÃO: Certo, mas não tenho nenhum problema em deixar o cargo durante um tempo para poder ser útil ao nosso povo. Aceitarei o posto de tuba na banda e deixarei um substituto do meu sangue para cuidar do cemitério. Proponho o meu filho Propicius como novo coveiro da vila de Nil.

PREFEITA: O seu Propício? Mas se ele é um menino de apenas dez anos!

Capítulo 22

…ASSUNTO FECHADO!

Hedião se lembrou da sabedoria de um parente do gato Kandás quando cantava:

Àquele que diga que não
faço-o ver com a sua visão.

E continuou com a conversa.

HEDIÃO: Certo também, mas isso não é impedimento algum. Propicius conhece o ofício de sepultador com perfeição, mais do que qualquer outra pessoa da vila, exceto, é claro, a minha própria. Será um sucessor digno da minha estirpe.

PREFEITA: Meninos de dez anos não devem trabalhar! Eles têm é de ir à escola!

HEDIÃO: À escola? Como a senhora muito bem sabe, dona Numerosa, a escola serve para ensinar aos medíocres certas habilidades que lhes sirvam para trabalhar. A senhora não será dessas que acham que é bom aprender coisas em geral sem nenhuma utilidade em particular? O meu Propicius já sabe o suficiente para desenvolver a sua profissão, que é a minha, e não precisa ficar um só dia mais rodeado de meninos que tossem, de pós de giz nem de livros encardidos. Não tenha a menor dúvida de que será um extraordinário sepultador.

PREFEITA: Está bem, não vou negar isso. Mas o senhor não participou da guerra! E a banda é para os ex-combatentes!

HEDIÃO: Está a senhora muito certa, minha prefeita, eu de fato não lutei, não, mas... tem certeza

de que não participei da guerra? A senhora acredita que uma guerra seria a mesma sem a participação daqueles que nos dedicamos ao digno ofício de enterrar os mortos? Porque tudo bem que as pessoas se matem umas às outras, claro, mas... e os finados? O que fazer com os defuntos se não há um sepultador?

PREFEITA: Mmmm, boa pergunta.

Dona Numerosa gritava e fazia muitas objeções, mas não era difícil de convencer. O importante para ela era que os assuntos andassem, que os problemas fossem sendo resolvidos depressa, um após o outro, sem ter de ficar pensando muito; uma coisa rápida, sem parar demais nos comos ou nos porquês. Razão pela qual, enquanto pronunciava aquele *mmmmmm*, já foi se encaminhando para o arquivo com o título ASSUNTOS ABERTOS.

PREFEITA: E o senhor diz que tem tuba! E tirou do arquivo a pasta intitulada "Sequestro do tuba da banda".

HEDIÃO: De fato, minha senhora.

PREFEITA: E sabe tocar?

E pegou um carimbo de cortiça de tamanho considerável para, em seguida, pressioná-lo contra uma almofadinha carregada de tinta de secagem rápida.

HEDIÃO: Não menos do que Pouco, e o resto aprende-se.

PREFEITA: Pois está feito!

Pam! E bateu o carimbo na pasta, deixando a palavra RESOLVIDO impressa em vermelho na frente. Depois foi até o outro canto do escritório, até um grande arquivo que tinha o título ASSUNTOS

FECHADOS em letras douradas. E ali guardou a pasta, orgulhosa do trabalho bem feito.

Nessa tarde, Hedião foi nomeado novo tuba da banda e o seu filho, Propício, novo sepultador e técnico de manutenção do cemitério da vila de Nil.

Capítulo 23

AJUDA!

Lina não podia ficar chorando a manhã inteira. Teve então a ideia de pedir ajuda no Conselho, para ver se a prefeita mandava os guardas municipais saírem à procura de Pouco. Precisou aguardar um pouquinho, porque dona Numerosa estava numa reunião. Por fim, a porta se abriu e Hedião, o coveiro, saiu do escritório. Olharam-se. Embora Lina soubesse, como todos na vila, do ridículo Ricto do coveiro, nesse momento pareceu-lhe que sorria de leve.

– Puxa – pensou –, pelo menos tem gente para quem as coisas estão andando bem.

E entrou no escritório. A conversa que teve com a prefeita foi exatamente assim:

PREFEITA: Nossa, a senhora está com um aspecto horrível!

Lina estava empapada, coberta de algas e manchada de terra. Era óbvio que acabava de sofrer uma calamidade e não tivera tempo nem forças para recompor sua imagem. Mas isso não era desculpa suficiente para dona Numerosa, e a impressão negativa que lhe causou aquela moça precária e desastrada decidiu, em parte, o resultado final da entrevista. Pena que Lina não se lembrasse daquela letrinha de um parente do gato Kandás, que dizia:

Porque após a desgraça
parecias tão desgraçado,
geraste a desconfiança
no funcionário encarregado
de aliviar as desgraças
dos pobres desgraçados.

LINA: Uma nuvem esverdeada de água salgada levou meu homem embora.

PREFEITA: Era o tuba da banda?

LINA: Era.

PREFEITA: O assunto já está resolvido!

LINA: Como? E onde está Pouco?

PREFEITA: Não tenho ideia.

LINA: Então, como é que a senhora pode dizer que o assunto está resolvido?

PREFEITA: Olhe, filhinha, leia o que está escrito neste arquivo aqui.

LINA: Assuntos fechados.

PREFEITA: Muito bem, assuntos fechados. Abro, tiro uma pasta... O que está escrito nesta pasta, por favor?

LINA: Sequestro do tuba da banda.

PREFEITA: Certo, e poderia a senhora ler o que dizem estas letras vermelhas estampadas em cima?

LINA: Re-resolvido.

PREFEITA: E então? Precisa de mais explicações? Faça o favor de sair do meu escritório porque tenho muito trabalho! E troque de roupa, que dá pena vê-la desse jeito!

Resolvido? Lina compreendeu que não poderia contar com ela. Foi embora dali e pôs-se a chorar na beira do rio.

Capítulo 24

PROPÍCIO COMESANHA

Propício, que era o nome do garoto, embora seu pai o chamasse de Propicius, estava em casa lavando louça. As prolongadas ausências da mãe fizeram dele um menino muito responsável e colaborador nas tarefas do lar. Na verdade, era maníaco por ordem e limpeza. Nisso, dizem, puxou a mãe, Graziela.

Propício tinha três anos no dia em que a mãe saiu de casa pela primeira vez:

– Meu filhinho, por fim consegui o cargo de Arqueóloga Máxima Mundial. Tudo será perfeito agora, exceto que terei que passar grandes temporadas fora de casa, fazendo escavações pelo mundo afora. Não haverá problema, mas só lhe peço duas coisas:

primeira, que mantenha a casa sempre limpa e em ordem; e segunda: que não tome o tolo do seu pai como exemplo para nada.

E assim foi. Se bem que, na verdade, isso não custou muito esforço ao menino. Já trazia no sangue o gosto exagerado pela ordem e pela limpeza. E também nascera com total desinteresse por qualquer questão que tivesse a ver com seu pai. Nisso, dizem, também puxou a mãe.

Enquanto Propício esfregava uma caçarola, com força suficiente para tirar-lhe toda a gordura, mas também com suficiente delicadeza para não arranhar a superfície da mesma, uma figura delgada apareceu por trás dele, como uma sombra vindo do outro mundo.

– Oi, papai – cumprimentou Propício.

Hedião gostava de entrar sem fazer barulho, de abrir as portas demoradamente, de pisar o chão com brandura felina, para surgir de repente, como um fantasma, e amedrontar os outros gabando-se de espectro ou alma do outro mundo. Mas com Propício isso não funcionava. Depois de ser descoberto, o pai lhe disse:

– Meu filho Propicius, chegou a hora em que terá de enfrentar aquilo para o qual veio ao mundo. Chegou a hora da sucessão! A partir de agora mesmo, o senhor é o novo diretor da vila dos mortos. Cumpriu-se o seu destino. Diante de mim abre-se o caminho da arte e por ele penetrarei. Terminou a escola para o senhor. Já é um homem. Amanhã começa a sua vida.

Capítulo 25

JÁ ESTOU INDO

Como vocês já sabem, tem gente que quando vê alguém chorando diz: – Não falei? Não falei que você ia chorar? Outras, ao contrário, preocupam-se com a pessoa que chora e tentam animá-la, dizendo:

– Calma, você vai encontrar uma solução, conte-me o que está acontecendo e eu vou tentar ajudar.

Foi mais ou menos assim que o rio Inrique se dirigiu a Lina, e ela, entre soluços, contou-lhe o ocorrido: falou da nuvem de água salgada que lhe roubara Pouco.

– O caso é bem raro, mas temos certeza duma coisa: não há dúvida, é água do mar.

Até aquele dia, Lina nunca vira o mar, e muito menos o experimentara. E olhando à frente, para os montes depois dos quais se perdera a nuvem verde, perguntou:

– E como se chega lá?

Lina não parava de olhar de vez em quando para o canto do céu por onde desaparecera a chuva ladra. Era indiferente à nova beleza das margens do rio Inrique depois da sua viagem pelo mundo. Nem se deu conta do pomarzinho de maçãs douradas que perfumavam o ar morno daquele anoitecer.

– Ao mar? Pois está bastante longe, eu mesmo termino nele, mas, se você atravessar as montanhas e caminhar reto por onde a nuvem seguiu, acabará chegando antes.

– Obrigada, estou indo já.

– Não vai levar comida?

– Sim, claro, preciso levar... Mmmm, posso pegar uma maçã?

– Pegue duas: uma para você e outra para Pouco.

– Obrigada.

– Boa sorte.

Lina guardou as maçãs na bolsa e começou a caminhar espichando o pescoço e olhando para o céu, para o lugar por onde o mar fugiu com Pouco.

FIM DA PRIMEIRA PARTE

SEGUNDA PARTE

A VIAGEM DE IDA

Capítulo 26

O QUE VOCÊ ACHA, MÃE?

Como dizia uma parente do gato Kandás:

Que resplandeça a coroa!
Não reparem na pessoa!

A rainha Donalbai ficou sem palavras. Pela expressão de seus filhos, já adivinhara que a viagem terra adentro fora um sucesso, e que o presente para o aniversário do rei estaria à altura. Contudo, não imaginava a extraordinária beleza e distinção da coleta de seus filhos.

– Bravo, Neda! Bravo, Mercurim! Muito bem! É a coroa mais bonita de todas as que já cingiram as cabeças reais desde os tempos de Meanho I, O Que Teve a Ideia. O pai de vocês terá uma impressão que não esquecerá facilmente. Tem até um bonequinho de enfeite! Excelente! Ponham numa caixa e embrulhem com algas coloridas, a festa já vai começar.

O bonequinho era Pouco, abraçado à tuba, inconsciente, com a roupa enredada e os lábios no bocal, parecendo respirar por ele.

Capítulo 27
O BAILE

Lina caminha pela Estrada da Montanha sem parar de olhar para o céu. Já se passaram alguns dias e ela ainda não se lembrou de comer nem de dormir. Só está preocupada em andar e não perder a direção por onde seguiu a nuvem verde. Tem a esperança de que Pouco possa ter fugido, se por acaso escapou e caiu nos galhos de alguma daquelas árvores. Lina estica o pescoço para olhar nelas, mas não há ninguém; e continua caminhando.

Sem saber como, escuta a música de um baile. Estava sonhando ou relembrando? Não sei. Era a música daquele baile em que ela e Pouco começaram o namoro. Ela estava com as amigas, e Pouco foi chegando, sorrindo. Não era muito alto nem muito forte; melhor ainda, ela não gostava de rapazes fortes demais. Os olhos dele também riam. Com um gesto da mão, convidou-a a dançar. Ela aceitou. Até o dia seguinte, não descobriu que Pouco era mudo. Ficou muito surpresa, poderia jurar que naquela noite haviam contado mil coisas um ao outro.

Agora está sem Pouco, mas continua procurando-o.

Capítulo 28

LIÇÕES PARA PROPICIUS

Hedião mentira para dona Numerosa. Nem Propício sabia nada do ofício de sepultador, nem ele tinha uma tuba sua com a qual pudesse tocar na Banda Municipal. Assim, no dia seguinte à sua nomeação, Hedião tratou de resolver ambas as questões.

A primeira coisa que fez naquela manhã foi mandar pelo correio uma carta urgente à loja de instrumentos da capital da província, encomendando a melhor tuba que tivessem e colocando no envelope dinheiro suficiente para a compra.

Depois, dispôs-se a ensinar ao filho Propício, que ele preferia chamar de Propicius, tudo o que um Imperador Sombrio precisava dominar. Propício precisava aprender a importância da imagem, do silêncio, da estética e do saber se comportar. O pai pretendia até iniciá-lo na prática do Ricto, para que este se transformasse numa tradição familiar dos Comesanha.

Com essa intenção, o coveiro passou a praticar diante do espelho, consciente de que era seu dever deixar-nos uma inesquecível cena de transmissão intergeracional de conhecimento. Quando julgou estar pronto, dirigiu-se, inaudível, ao quarto do menino para falar com ele, mas Propício não estava. Isto, sim: o dormitório estava um primor, limpo e perfeito, e o diligente rapaz já acudira, pontual, ao seu primeiro dia de trabalho.

Hedião olhou o relógio. Era quase meio-dia.

Capítulo 29
PRIMEIRO DIA DE TRABALHO
DE PROPÍCIO

Vocês já sabem que Propício, que puxara a mãe, não sentia qualquer atração pelo cemitério nem por nada que tivesse a ver com o pai. Contudo, havia um aspecto da sua nova situação que o atraía muito: largar a escola. Não que não gostasse de frequentar a escola primária, mas é que a ideia de assumir uma responsabilidade municipal própria de um adulto parecia-lhe irrecusável. Certo, ele já sabia muito bem que não era mais um menino com o nariz cheio de remela, tinha suas próprias ideias e seu jeito de entender as coisas. Estava pronto para qualquer desafio que o destino lhe pusesse pela frente. Portanto, naquele dia levantou cedo,

arrumou a casa e compareceu ao local de trabalho, cheio de expectativa e com muita vontade de fazer tudo muito bem.

A primeira coisa que Propício constatou ao chegar ao cemitério foi que aquilo precisava de uma boa limpeza.

– Mas que chiqueiro! Não admira que as pessoas não tenham vontade nenhuma de vir para cá!

O que para o pai era o suprassumo da cenografia do terror, para ele era um verdadeiro lixão – e a possibilidade de passar horas dedicado à agradável tarefa higienizadora. Havia muita coisa a fazer: jardinagem, um pouco de reparos de marcenaria, dedetização, passar a vassoura, o pano.

– Quanto antes eu começar, melhor!

Animou-se e foi até o barril para encher o balde, sabendo que, por mais duro que fosse o trabalho, não teria saudade da escola um só segundo.

Capítulo 30

UM NOVO ALUNO

A incorporação de Propício ao novo trabalho deixou uma carteira vazia na classe. Não há problema, é só pegar a carteira e a cadeira, levá-las para o depósito e pronto. Mas não: acontece que havia um vizinho de Nil que todo ano pedia para se matricular na escola municipal, e todo ano era recusado com a desculpa de que não havia vagas.

Isaías, era esse o nome dele, achava estranho que todo ano o único rejeitado fosse ele, e suspeitava que tanto zelo na atribuição de vagas ocultasse a intenção da direção da escola de frear seu acesso ao ensino público. Ou seja, queriam impedir que um porco cursasse a escola primária.

Certo, Isaías era um porco, um porco grande e gordo que sonhava ter uma educação que lhe permitisse morrer de velho. Isaías, que, como todos os porcos, sabia que mais cedo ou mais tarde acabaria num pote de cozido, entendeu desde muito novo que sua única possibilidade de chegar a ficar velho era aprender matemática e literatura. Opinava, e com muita razão, que nenhum homem mataria um porco capaz de dividir com decimais e tudo ou de recitar a Rosalía.* E, com tal desejo, todo ano solicitava, inutilmente, vaga na escola municipal.

Até que na vila inteira soube-se do abandono escolar de Propício. Naquele mesmo dia, Isaías apresentou-se na escola, alegando que era o primeiro e o único nome na lista de espera. A direção não encontrou argumento nenhum com o qual pudesse rejeitá-lo outra vez. E foi assim que Isaías deixou de ser um porco sentenciado e virou um novo aluno do curso primário da Escola Municipal de Nil.

Enquanto isso, na granja de Ariosto, um cão chamado Romero olhava para o chiqueiro vazio de Isaías, rosnando:

– Como é que alguém pode ser tão estúpido! Quem teria a ideia de deixar uma vida assim só para aprender quatro bobagens!

* Rosalía de Castro, escritora e poetisa galega. (N. T.).

Capítulo 31

O ANIVERSÁRIO

PLOF! A cabeça de Pouco bateu em alguma coisa e ele acordou.

– Onde estou?

A escuridão era total. Pouco sentiu-se mergulhado em algum líquido, abraçado à tuba e batendo contra as paredes do que parecia ser uma caixa grande em movimento.

Então ele se pergunta: – Onde está Lina? Pouco começa a lembrar: o ensaio no pradinho, ele enredando sua roupa na tuba, as risadas, a escuridão no céu, e aquela nuvem gelada que cobriu os dois de repente. Não se lembra de mais nada.

A caixa parou. Pouco sente o que parece ser gelo rachando, movimento, unhas arranhando a parte de fora da caixa. Uma frestinha de luz e depois um

clarão cegante. Aplausos, gritos de bravo, alguém o pega, ele fica zonzo, não consegue abrir os olhos; depois, parece que o colocam definitivamente em algum lugar. Silêncio, e uma voz profunda diz:

– E aí? Como fico com ela?

Novamente, aplausos e outra frase:

– Ficou muito bom, papai!

– Vossa Majestade ficou lindo!

Em seguida começou a soar uma estranha música festiva. Pouco abriu os olhos.

Uma multidão de peixes e similares, virados ao contrário, olhava para ele rindo, brindando e jantando empanadas. De repente, se deu conta de que quem estava de cabeça para baixo era ele, na cabeça de um fulano que colocara a tuba como chapéu!

Capítulo 32

QUE BELO PRESENTE!

Antes de fazer o que finalmente fez, Pouco perguntou-se:

– Estou vivo no fundo do mar? E como é que não me afoguei?

E respondeu:

– Parece que respirei pela tuba! Vai ver que o instrumento guardou dentro dele ar suficiente para me emprestar!

Em seguida, decidiu:

– Só tenho um jeito de intervir nesta situação!

E encheu devagar os pulmões com o ar que a tuba lhe proporcionava e soprou com todas as forças.

– POU!!!

O rei, que tinha a cabeça dentro da tuba, sentiu como se lhe esmagassem o cérebro com um martelo. Berrou forte a ponto de provocar um maremoto que açoitou o litoral durante três dias. Depois tirou a tuba da cabeça e colocou-a tão longe das orelhas quanto lhe foi possível.

A rainha Donalbai, a princesa Neda, o príncipe Mercurim e o povo todo ali reunido olhavam com estupefação para aquele maldito instrumento que mergulhava no fundo do mar até se perder na imensidão. Pouco, enquanto voava agarrado à tuba, pensava:

– E Lina? Será que ela está bem?

Capítulo 33

O BANDÊIDE

Lina caminha em linha reta. Deixou para trás as montanhas e agora atravessa um denso emaranhado de árvores, tão velhas quanto o mundo. Lina não sabe, mas esse bosque é conhecido como "O Ancião". Tantas galhadas não a deixam ver bem, e Lina tem de esticar o pescoço para não perder de vista o canto de céu pelo qual fugiu a nuvem. Não come, não bebe, só avança.

Não quer pensar em nada ruim. Apenas em chegar ao mar e encontrar Pouco, e que esteja são e salvo. Se o encontrasse machucado teria de cobrir-lhe o corpo de bandêides. A noite cai.

Ele iria rir dos bandêides. Ela também quase ri, porque lembra. Era uma quarta-feira, em plena

Guerra do Leito Seco. Pouco foi ferido gravemente num braço, e os médicos enrolaram-no com uma grande faixa desde a ponta dos dedos até o ombro. A caminho de casa, Pouco parou numa farmácia, comprou o menor bandêide que eles tinham e colocou no dedo polegar da outra mão. Entrou em casa reclamando muito do machucado do bandêide e maldizendo a guerra.

– E esse outro machucado? – peguntou Lina, apontando para o braço enfaixado. Pouco minimizou o fato, respondendo, na sua fala de gestos:

– Não é nada! Cortei-me com a folha de um livro enquanto esperava minha vez de atacar. Nunca mais volto a ler na minha vida, juro!

A noite passou, amanheceu. Agora Lina estica o pescoço: a luz a anima para continuar em direção ao mar.

Capítulo 34

HEDIÃO JÁ TEM TUBA

Já faz horas que amanheceu, e Hedião ainda dorme. Sempre foi um dorminhoco, mas faz o que pode para ninguém ficar sabendo, prejudicaria sua imagem de Barão das Trevas. A campainha soa:

– DIN-DONG!

Hedião despertou: estava aguardando algo. Quindimil, a carteira, vinha carregada com um grande pacote.

– Elpídio Comesanha?

– Aqui mesmo – respondeu Hedião, sem desgrudar os lábios.

Um momentinho depois já estava na sala com sua tuba nova nas mãos. Era imponente, magnífica. Tinha aquele caráter aristocrático de saber-se a mais cara da loja. Hedião tocou:

– Prrrfff!

Gostou do som, mas era evidente que precisava praticar mais; contudo, julgou a si mesmo com indulgência, dizendo:

– Ó, Hedião, Intérprete do Além, assim como o vivo nasce para a cova, assim nasceste para a tuba!

Mas a janela estava aberta, e o som saiu por ela, voando errático pelas ruas de Nil até dar nas orelhas de Parsi Vázquez, a Generala, que por acaso passava por ali. Penetrou nelas e desceu até o estômago, onde reverberou até extinguir-se.

Parsi Vázquez nunca foi mulher fraca, muito pelo contrário. É famosa pela sua coragem. Durante os primeiros dias da guerra, ela, sozinha, atacou o inimigo armada apenas com um maço de folhas de nabos, e venceu. Desde então, deram-lhe o comando de um batalhão e o apelido de A Generala. Dela também se conta que fez a guerra inteira sem pegar um só resfriado. Mesmo assim, depois de ouvir aquele som desagradável, sentiu tremerem as pernas, ficou atarantada e foi para casa de cara feia.

Ficou acamada com gastroenterite aguda – em outras palavras, uma diarreia das boas – durante uma semana. O médico não soube indicar a causa.

Capítulo 35

PROPICIUS TEM IDEIAS PRÓPRIAS

— Vamos ver: em que consiste um cemitério? – dizia Propício a si mesmo enquanto tirava teias de aranha daqui e dali.

Há vários dias vinha limpando e refletindo sobre o novo rumo que iria imprimir ao cemitério. Achava útil limpar, era um sacrifício que logo rendia seus frutos. Assim que endireitou as lápides, passou o pano, fez dançar a vassoura, podou e regou, aquilo transformou-se por completo. Converteu-se num belo jardim, um parque luminoso e vazio que ninguém aproveitaria. Que pena!

– Não pode ser. Isso está muito mal resolvido. Não é justo. Para que mantê-lo tão bonito se seus legítimos habitantes estão debaixo da terra?

Para Propício, aquilo não estava certo. Não entendia o que aquelas pessoas todas faziam debaixo da terra, tendo um parque como aquele só para elas. Sem dúvida, antes, do jeito que o pai mantinha as coisas, era lógico que não quisessem nem espiar; mas agora, e com a chegada da primavera, era algo intolerável. Assim, decidiu desenterrar todas elas.

Já sabemos que Propício puxara a mãe na questão da limpeza e no desprezo ao jeito peculiar de entender o mundo de seu pai. Mas agora se manifestava nele uma nova herança materna. Como vocês bem sabem, Graziela, que assim se chamava, era Arqueóloga Máxima Mundial. Percorria o mundo fazendo buracos e pondo para fora coisas soterradas há séculos ou milênios. Propício, enquanto recolhia a pá no quarto das ferramentas, não pensava nisso, só queria dar um pouco de sentido àquele cemitério desgovernado.

Afundou a pá na terra e começou a cavar. Ao longe, um cão uivou.

Agora, sim, o cemitério vai mudar.

Capítulo 36

O CÃO ROMERO

Uivava Romero, o cão, maldizendo sua sorte e juntando coragem para tomar uma decisão transgressora.

Era o melhor cão pastor de toda Nil. Tirava as cabritas e ovelhas do curral, conduzia-as pelo monte até os melhores pastos, vigiava-as enquanto comiam a perfumada relva e ao final do dia levava-as de volta ao curral, sãs e salvas e bem-alimentadas.

O cão Romero jamais perdera uma ovelha. Seus latidos eram ordens simples que ressoavam por toda a redondeza. Sinais sonoros que agrupavam o rebanho, ao mesmo tempo que informavam aos bichos do bosque e das tocas a impossibilidade de apanhar um carneirinho para a ceia.

O cão Romero era um exemplo para todos os cães da comarca, mas não era feliz. O que ele gostaria de verdade era de viver como um porco. Não suportava cuidar das ovelhas nem ficar latindo para as cabras extraviadas. Queria era comer, engordar e se revirar na lama até que chegasse sua hora.

Por isso, agora que, incompreensivelmente para ele, o porco Isaías abandonara o chiqueiro para fazer o curso primário, não conseguia tirar da cabeça a ideia de abandonar tudo e ocupar o posto do porco.

– Estou decidido, acabou! – exclamou e desceu o monte correndo como um relâmpago, deixando para trás o rebanho, sentindo o vento no focinho, quase voando até mergulhar na lama que cobria o ex-estábulo de Isaías.

– Pronto, está feito, Romero – disse a si mesmo –, finalmente você vai ser o que quer ser.

Enquanto isso, Tove Trobo, o joalheiro da vila, passeando pela estrada do monte, deu com o indefeso rebanho. Na hora reconheceu as ovelhas de seu amigo Ariosto e estranhou não ver com elas o famoso cão Romero.

– Se o lobo passar por aqui papa todas elas!

E ficou vigiando até que chegasse alguém para tomar conta delas.

Capítulo 37

O GINÁSIO ABANDONADO

Antes de começar o discurso, dom Torsão acariciou suas abotoaduras da sorte. Haviam sido presente de bodas de ouro da mulher. Encomendara-as a Tove Trobo, o mais renomado joalheiro da vila, e representavam duas claves de sol sobre um fundo vegetal. Precisava do seu feitiço venturoso, já que tinha a missão de transformar em músicos os ex-combatentes da Guerra do Leito Seco.

O lugar escolhido foi o antigo Ginásio Municipal, então em desuso. Aquelas magníficas instalações esportivas haviam fechado devido à preferência dos nilenses pelos pequenos ginásios que brotavam em cada rua da vila. Ou será que esses pequenos ginásios começaram a surgir no dia em que o conselho decidiu fechar o grande Ginásio Municipal? Não lembro, acho que não sou um desses narradores que sabe absolutamente tudo sobre sua história. Vou me informar melhor.

– Queridos ex-combatentes, bem-vindos à Banda Municipal! A partir de agora, tentaremos fazer música.

Com essas singelas palavras, deu-se por constituída a banda. Em seguida, dom Torsão pediu aos instrumentistas que fizessem, um por vez, o que fosse possível com seu instrumento, a título de uma avaliação preliminar.

Dom Torsão suportava impassível cada uma das intervenções dos futuros músicos e, conforme o exame avançava, constatava que seria preciso muito estudo, muito ensaio e muitas carícias nas abotoaduras da sorte para chegar ao objetivo; mas não era impossível. Ainda não chegara a vez de Hedião.

O coveiro decidiu produzir três sons com a sua aristocrática tuba. O primeiro enredou-se no cabelo de Angus Santigoso, o violonista de abundantes madeixas. Em uma semana, este ficou careca. O segundo se enfiou por um olho de Gador Bascoi, a trompetista, e saiu-lhe pelo outro. Desde então, ela sofre de catarata. E, finalmente, o terceiro subiu até o teto para depois derramar-se sobre a seção rítmica. Querem saber o que aconteceu com eles? Perderam os dentes, cresceu-lhes uma corcunda e nunca mais conseguiram pegar no sono.

– Pare, pelo que você mais quiser! – gritou dom Torsão. Com certeza, tem gente que não nasceu para a música, mas nunca na vida ele ouvira nada semelhante. Ainda por cima, um cheiro nojento vindo da rua tornou irrespirável o ar no interior do Ginásio Municipal. Foi preciso suspender o ensaio.

Capítulo 38

TODOS PARA FORA

Propício não era bobo, sabia que, se alguém dá de sair desenterrando defuntos, pode topar com alguma sensação desagradável, como o cheiro, por exemplo. Eles têm um cheiro um pouco forte, sem dúvida, mas qualquer um, até nós mesmos, se ficássemos tanto tempo sem banho, iríamos cheirar igual. Não é para tanto.

Por outro lado, é condição aceita de toda limpeza profunda passar por algum ou outro mau pedaço. Qualquer amante da higiene e da ordem sabe disso e assume-o com espírito esportivo.

Mesmo assim, Propício compreendia que a cidadania nilense abominasse a repugnante névoa lilás que, desde o cemitério, teimava em se estender sobre a vila inteira. Por isso, redigiu a seguinte nota e pregou-a de cara para a rua no pesado portão.

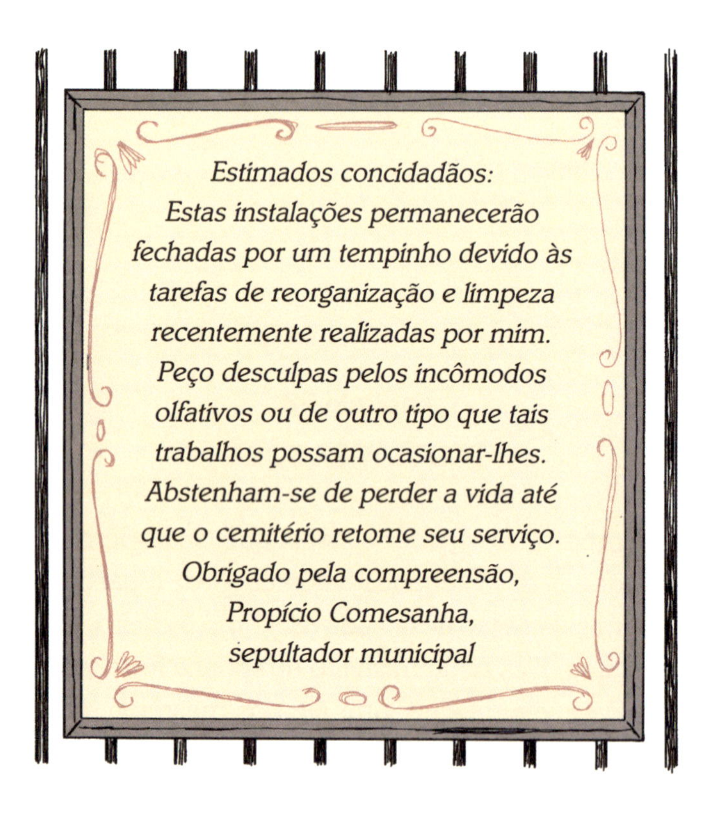

Quando teve todos os finados sobre a terra, Propício passou ao capítulo do asseio pessoal, muito mais grato. Banhou e perfumou cada defunto, e o mesmo fez com as roupas deles, que também passou a ferro. O trabalho foi grande, mas Propício não era desses que temem o trabalho.

Poucos dias depois, já eram evidentes os resultados, e os primeiros defuntos impolutos começaram a aparecer sentados nos bancos do jardim. A névoa lilás dissipou-se e o sol embelezava cada recanto do cemitério.

– Só lhes falta falar – ponderava Propício ao vê-los ali sentados, vestidos com roupa de domingo.

Capítulo 39

O VALE DAS NOVE FONTES

O canário Chals cantava na companhia de meia centena de seus congêneres quando a cabeça de uma moça bateu contra o galho em que estava.

– Devagar! Desse jeito você se machuca!

A cabeça parecia aturdida; mesmo assim, ela retomou a marcha sem parar de espichar o pescoço, esquadrinhando o céu. Assim que se afastou um tanto, o canário Chals descobriu, perplexo, aquilo do que não se dera conta ainda, ou seja, o fato inusual de que uma cabeça humana circulasse àquela altura pelo Vale das Nove Fontes, que era como chamavam o lugar. A cabeça vinha provida de um pescoço descomunalmente alongado, depois do qual, vários metros abaixo, podia-se adivinhar um corpo de moça caminhando teimosa.

– Mulher, aquiete-se um momento!

Lina parou e perguntou:

– Desculpe, o mar é por aqui?

– Exato, é sempre em frente. Nós justamente viemos de lá. Quer que lhe conte nossa história?

O canário Chals tomou por assentimento o silêncio de Lina, preparou a garganta e com lindos trinados começou a narrar o conto daquela centena de pássaros:

– Não se perguntou o que faz no Bosque das Nove Fontes uma centena de canários oriundos do continente sul? Há meses, eu e meus companheiros vivíamos felizes na Selva das Fragrâncias, até que caímos nas redes de uns homens que...

Àquele pássaro nunca antes ocorrera o que ocorreu em seguida: sua interlocutora dirigiu um olhar para o céu, para o recanto pelo qual fugira uma enorme nuvem verde. Deu meia-volta e, sem mais palavra, foi embora.

Em toda a sua vida, jamais Chals recebera um desplante igual. Nunca ninguém ofendera com tamanha arrogância um canário cantor da Selva das Fragrâncias. Depois daquilo, caiu numa depressão que lhe raspou as cordas vocais e deixou seu tom rouco para o resto da vida.

Lina não come, não dorme, só persiste na caminhada, em linha reta, com o pescoço esticado voltado para o céu, a caminho do mar.

Capítulo 40

CONTRA O ABATIMENTO

O papel de Pouco como presente de aniversário fora um fracasso. Depois da trovoada de tuba nos seus miolos, Pindo IV, O Tratável, ficou surdo e não voltou mais a ouvir as vozes da rainha Donalbai, nem dos filhos Neda e Mercurim. Tal circunstância azedou-lhe o caráter, fazendo com que, a partir daquele dia, fosse conhecido como Pindo IV, O Mal-humorado, e assim ficou para sempre nomeado nos livros de história.

O incidente, por sua vez, foi a origem de uma das mais curiosas tradições submarinas: o lançamento de presentes. Consiste no seguinte: logo depois de abrir o presente recebido e examiná-lo, o homenageado deve dar um bramido estratosférico e atirá-lo o mais longe possível. A partir daí, chegaram à ritualização mais exata do conceito comumente aceito de que, em questão de presentes, o que vale é a intenção. Como já dissera, no tempo dele, um parente do gato Kandás:

Que presente mais funesto!
Não sei bem nem se o aceito
...mas encanta-me o seu gesto,
que deixou feliz meu peito.

Depois do lançamento, Pouco e a tuba caíram numa extensa cratera abissal povoada de algas espinhentas, algo assim como uma descomunal touceira oceânica. Ele se sentia bem, e estava decidido a não cair no abatimento. Afinal, adquirira o poder de respirar debaixo d'água graças a uma tuba milagrosa. Deu de pensar que, se houvesse ali um escritor, este poderia pegar o seu caso, exagerá-lo um pouquinho e inventar uma novela de aventuras bem legal.

– Sei lá eu – matutava Pouco – algo como uma história em que a seção de metais de uma filarmônica sobrevivesse a um naufrágio e conseguisse salvar seus instrumentos e ficasse perambulando pelo solo marinho à procura de terra seca. Se bem que o do trompete teria menos ar, e o do flautim também. Os dois morreriam pelo caminho, o que não seria o caso do gaiteiro, que teria reservas de sobra, se bem que, com o fole molhado, não sei se resistiria... E será que não boiariam? E as filarmônicas têm gaitas de fole? Puf!, como é difícil fazer com que tudo se encaixe! Não é como aqui e agora. Isto é realidade, aqui as coisas já vêm encaixadas – e, se não se encaixaram tanto, bem, é esta a realidade que temos! Se pelo menos eu achasse uma perolazinha numa ostra!

Capítulo 41

O JOALHEIRO TOVE TROBO

Tove Trobo sentou no pradinho olhando fixo para as ovelhas e cabritas desamparadas pelo cão Romero.

– Parece que o Romero endoideceu! – pensava – e agora fiquei eu aqui de cão!

O joalheiro ensaiou um latido, seco e curto.

– Au!

As ovelhas, estranhando um pouco, começaram a se dispersar, mas o homem se pôs como um raio a correr em volta delas, latindo e uivando, até que as reuniu de novo num grupinho manso.

– Que beleza! Bom trabalho! – gritou Ariosto, que, depois de tentar por várias horas que seu cão desistisse da atitude suína, aproximava-se todo contrariado pela estradinha do monte.

– O dia em que você quiser largar a joalheria e mudar de trabalho, eu o contrato como cão!

Mas acontece com frequência de uma pessoa só ter consciência do quanto uma oferta pode lhe parecer tentadora quando alguém a faz. Poderíamos dizer que a brincadeira de Ariosto, em vez de tomar a vereda natural das brincadeiras – despertar umas risadas e desaparecer –, tomou por engano o caminho das propostas analisadas a sério, e como tal foi avaliada por Tove Trobo, que respondeu:

– Pois se você quiser, podemos conversar sobre isso agora mesmo.

Conversaram, e assim chegaram ao acordo, pois não há problema se as mentes estão abertas e existe "vontade política de ambas as partes" – aliás, uma lengalenga que vocês já devem ter ouvido em outros lugares.

Assim, naquele mesmo instante, Tove Trobo começou a trabalhar de cão pastor. Levou o rebanho até o curral, sem perder de vista uma só ovelha, e ali as deixou bem guardadinhas para passar a noite. Depois, foi para casa explicar à mulher as felizes mudanças que haviam acontecido na sua vida naquele entardecer. E enquanto passeava, pensava:

– Quem será que eu poderia deixar cuidando da joalheria?

Tília Cunqueiro, sua prima, que é padeira, sempre lhe chamara a atenção pela delicadeza com que arrumava as frutas cristalizadas nas roscas, como se fossem pedras preciosas. Nas mãos dela, as cerejas passavam por rubis. Daria uma excelente joalheira.

Capítulo 42

OLHOS DE CREME

Tília Cunqueiro aceitou. Não tinha nenhuma vontade de virar joalheira, mas aceitou assim mesmo. Foi o creme dos olhos dele, a ilusão que mergulhava em chocolate cada uma das suas frases quando lhe explicava o que sentia ao latir para as cabritas do Ariosto. Muitos anos antes, quando adolescentes, Tília já observava no seu primo aqueles mesmos olhos de creme. Fizeram bico, brincando de dar beijos. Brincaram muitas vezes de dar beijos, mas nunca os lábios de um roçaram os do outro. Fora algo tão doce que passaram o resto das férias sonhando promessas mergulhadas em chocolate.

Então não soube rejeitar sua oferta.

– Não estou mal como padeira, mas tudo bem, eu topo.

Embora o negócio da padaria tivesse caído um pouquinho durante o tempo em que Propício deu de reorganizar o cemitério, depois que a fedida névoa lilás foi embora a clientela voltou a encher o local, tanto assim que Tília já comentara com seu noivo, Dino Soneira, a necessidade de que lhe desse uma mão na confecção dos pães. O homem mostrara-se disposto. Talvez agora não se importasse em abandonar seu cargo de pedreiro municipal para tomar conta da padaria toda.

Capítulo 43

SÓ FALTA ELES FALAREM

Propício sentara os defuntos em bancos e cadeiras dobráveis por toda a superfície do cemitério. Lavara toda a roupa deles e estendera em cordas amarradas de cruz em cruz, e agora todos ostentavam roupas limpas e sem nenhuma dobra. A primavera estava em todo o seu esplendor.

– Por que será que não conversam? Com certeza é a falta de costume, ou então a garganta deles secou, ou ainda estão se adaptando à nova situação. Ou vai ver que é porque ninguém lhes pergunta nada.

De todas as hipóteses foi esta última a que Propício julgou mais provável, e então perguntou em voz alta, como um professor que se dirigisse à classe:

– E aí, como vai a vida?

Não demorou a perceber que não havia atinado com a pergunta que acabara de formular. Em seguida, corrigiu:

– Quero dizer... o que vocês acham da nova cara do cemitério?

Não houve resposta. Talvez aqueles finados tivessem perdido o dom da fala, ou não tivessem opinião formada sobre aquele assunto particular, ou fossem tímidos e nenhum se atrevesse a quebrar o

gelo. Uma vez mais, foi a derradeira hipótese a que convenceu Propício. Sentia-se identificado.

– Eu sou como vocês, escarradinho, não gosto de falar em público. Não há pressa, aos poucos vocês irão pegando confiança – concluía o rapaz, observando com prazer o resultado de tanto trabalho. Em poucas semanas, conseguira reverter tudo o que o pai fizera durante anos como "Imperador Sombrio". Sua mãe ficaria orgulhosa dele.

Capítulo 44

O SENTIMENTO ARTÍSTICO
DEFRONTA-SE COM A INCOMPREENSÃO

A totalidade dos integrantes da recém-criada Banda Municipal de Nil entregou a Torsão um documento cujo texto dizia assim:

Prezado dom Torsão, excelentíssimo
e dileto diretor:

Rogamos, por motivo de força maior relacionada com a saúde da nossa coletividade, que permita que o companheiro Hedião, tuba titular, adquira a necessária competência musical com seu instrumento recluso no porão-armazém do edifício do Ginásio Municipal. Recomendamos ainda a utilização de colchonetes e outros objetos ali conservados como material isolante acústico, a fim de erguer uma barreira intransponível entre o mundo exterior e o local de ensaio do supracitado companheiro.

Antecipadamente gratos.

E seguiam-se as assinaturas de todos, exceto a do principal afetado. Até o próprio dom Torsão pegou a esferográfica e assinou apressadamente ao final da folha. Todos aqueles homens e mulheres sorriram aliviados, e nenhum deles teve a mínima dúvida ética sobre a conveniência de marginalizar um colega num caso como aquele.

Hedião acatou, indiferente diante de qualquer dificuldade, tomado pela alegria intelectual e espiritual que lhe proporcionava a trilha artística, e desceu ao porão, enfiando-se pelas escadas cheias de cupins, afastando do caminho correias frouxas, aparelhos de ginástica quebrados e bolas pesadas para exercícios, dizendo a si mesmo:

– Ó, Hedião, disciplinado aluno à procura do seu som, vê-se o senhor afastado por uma sociedade intolerante diante da diferença, implacável com o imperfeito. Agradeça o senhor o presente e purifique sua alma nesta cela edificada com os tapumes da incompreensão.

Mas antes de começar a purificar sua alma, Hedião juntou três ou quatro colchonetes e tirou uma soneca de meio da manhã.

Capítulo 45

O SONHO DE LINA

Enquanto isso, Lina não para. Há muito seu pescoço ultrapassou as copas das árvores, até mesmo algumas montanhas baixinhas; mesmo assim, não para de alongar-se pela insistência da teimosa rapariga em olhar para o recanto do céu por onde levaram Pouco embora, para não perder seu rastro, não esquecer quem o tirou dela.

Sem parar e sem acusar as dores de tanto avançar, sem botar um olho no chão seco do Deserto Nublado, sonha. Está na sala de sua casa, saltando. Saltos cada vez mais altos, com a intenção de dar com a cabeça no teto. No salto seguinte, fica a um tiquinho dele. E no seguinte, no lugar do teto, está a noite. E segue saltando e segue subindo, até uma camada de nuvens que ela atravessa e sobre a qual pousa. Caminha por ela e encontra as cabeças de várias girafas cujos pescoços se perdem sob o manto de nuvens. Essas nuvens, quentinhas como a cama de uma mãe, dizem a ela "Deita e descansa, você já fez muito, pode até morrer, se quiser, pois, quando uma girafa morre, ainda avança um pouquinho mais". Lina começa a fechar os olhos, mas a nuvem se torna fria e verde, e dentro dela um Pouco pequenino, com a boca fechada por um bandêide, lhe diz, com voz de tuba: "Não saio mais de casa sem guarda-chuva!".

Lina ri, e, com o riso, desperta. Ainda continua caminhando pela noite e espichando o pescoço, procurando, sem dormir, sem comer, mas rindo e lembrando de Pouco.

Capítulo 46

OS VENTOS CAMBIANTES DESCOLOCANTES

No fundo do mar, produzem-se os chamados Ventos Cambiantes Descolocantes, conhecidos pela sigla VCD. Os VCD, como o nome indica, são umas correntes em rajadas que nunca vêm do mesmo lado e que mudam tudo o que você tem à sua volta. Não se sabe se são as correntes que transportam você em questão de segundos para outro lugar, ou se é você que fica imóvel enquanto elas levam embora a paisagem em que você está e põem outra no lugar. Para o nosso caso tanto faz, pois o resultado final é idêntico.

Pouco já estava há algum tempo na touceira abissal, tentando encaixar as diferentes partes da história do naufrágio da filarmônica, quando teve sua primeira experiência com os VCD. Tudo se esfumou, as coisas perderam suas formas e, num pá-pum, a nitidez voltou – mas o que via agora não era o que via antes.

Diante de seus olhos plantavam-se dois exércitos infinitos, um diante do outro. Parecia prestes a começar a maior batalha da história.

Capítulo 47

DINO SONEIRA DEMITE-SE

Dino Soneira apresentou-se diante de dona Numerosa, sua chefe, além de prefeita, e disse assim:

– Apresento minha demissão como pedreiro municipal, já que a partir de agora vou cuidar da padaria da minha noiva Tília, pois ela será a nova joalheira, já que dom Tove Trobo virou cão pastor das ovelhas de dom Ariosto porque o cão, Romero é o nome dele, decidiu levar vida de porco vendo que este ia embora para a escola fazer o primário na vaga que propiciou Propício no dia em que a senhora o nomeou novo encarregado do cemitério em substituição ao seu Hedião, o qual é agora novo

tuba da banda, para grande risco da saúde de todos nós, que já andou ameaçada quando o filho deu de desenterrar os mortos todos, cobrindo meia vila com uma névoa lilás envenenada que finalmente se dissipou, estando agora os finados que dá gosto de ver, limpos e lustrosos, tanto assim que há na vila grande expectativa, no aguardo do dia em que esse menino abra o cemitério e nos apresente as ousadas reformas que fez durante sua administração. Diz que puxou a mãe.

Dona Numerosa, que nunca ouvira uma frase tão longa, ficou pasma, num primeiro momento, e não teve reação alguma diante de tal relato. Depois se dirigiu, zonza, até a caixa das pastas novas em folha e, extraindo uma, disse:

– Muito bem, o senhor propõe algum candidato para substituí-lo?

– Sem dúvida, o indicado é Froufe Lamas, o escritor de novelas, que diz que está muito interessado em aprender a juntar tijolos com o cimento justo, e a levantar murinhos que não caiam, abrir janelas e portas nos telhados, a empapelar quartos escuros, e a erguer intrincadas estruturas que sustentem grandes edifícios. Não sei, já conhece o Froufe Lamas, de repente ele está falando por metáforas.

– Muito bem! Fica feito! Pode ir embora!

E já estava a ponto de fazer o seu rotineiro abre e fecha de arquivos quando teve um estalo e precisou sentar, sufocada por duas perguntas. A primeira era:

– Mas o que está acontecendo com a minha vila?

E a segunda:

– Se o novelista se dedica a pôr tijolos, quem irá inventar as histórias agora?

Capítulo 48

ERA TÃO NOVINHO QUE AINDA
NÃO LHE HAVIAM SAÍDO OS DEDOS

Propício não os culpava. Dispôs-se a se colocar no lugar deles. Se fosse um morto, também não iria quebrar seu silêncio de décadas para responder a uma simples pergunta. Afinal, depois de tudo, que sentido tem uma pergunta? Em geral, ela é mal-intencionada. As perguntas sempre querem revelar alguma coisa do outro, tirar-lhe alguma coisa ou deixar claro que ele não aprendeu direito a lição. As perguntas são para examinar. São um ataque traiçoeiro, cuja finalidade não está nunca naquilo que é perguntado. É sempre outra coisa, sempre há uma intenção oculta.

– Peço-vos desculpas pela pergunta do outro dia, não voltarei a fazê-lo.

Os seus imaculados mortos ouviam-no em respeitoso silêncio.

Além disso, uma pergunta é muito fácil de rejeitar. Tem de haver outro jeito de pressionar a fala dos mortos até trazer suas palavras até nós. O rapaz meditava, tentando encontrar quais eram, para ele, as frases mais irresistíveis, aquelas que conseguem fisgar sua resposta com a força necessária para transpor a barreira entre a vida e a morte.

– As frases encadeadas! – gritou – É isso!

Desta vez tinha certeza de ter acertado. Era o seu jogo preferido. Quando era mais novo, fazia muito a brincadeira das palavras encadeadas com a mãe, na hora do banho. Vocês já sabem, consiste em dizer uma palavra que comece com a última sílaba da palavra dita por quem falou antes. Mas as palavras não foram suficientes, e ele inventou o jogo das frases encadeadas, com a ideia de dar mais pé à conversa. Esse jogo de encadear a última sílaba duma frase com a primeira da outra era o mecanismo adequado para trazer para este mundo a voz dos finados. A questão era conseguir transmitir bem aos cadáveres as regras do jogo, lembrando-lhes que enquanto alguém continuar encadeando frases, a partida não está encerrada. O resto ficaria por conta das palavras, com seu ilimitado poder.

Propício não teve pressa para fazê-lo. Tratou de verbalizar e demorar-se na explicação para resolver de antemão quaisquer dúvidas que pudessem surgir. Ao final, proclamou:

– Começou o jogo, e aí vai a minha primeira frase:

Era tão novinho que ainda
não lhe haviam saído os dedos.

Capítulo 49

O QUE ACONTECE DENTRO DA GENTE

Propício esperou até de noitinha e nada, não houve resposta. Para ele, a morte não seria capaz de frear a força desse jogo; portanto, não entendia onde podia estar a falha. Decepcionado, saiu do cemitério e foi para casa dormir. Mas não conseguia, o fracasso tirara-lhe o sono.

Já meia-noite passada, o pai, Hedião, chegou em casa e encontrou Propício matutando na mesa da cozinha. Sentou ao lado dele e passou-lhe uma nota que dizia:

Prezado Hedião:

Tendo em vista que um armazém subterrâneo isolado acusticamente com colchonetes não consegue manter os abomináveis sons da sua tuba longe do resto dos cidadãos, e que o número de prejudicados vai aumentando, vemo-nos na obrigação de proibir-lhe fazer soar seu instrumento dentro dos limites da nossa vila. Outrossim, sugerimos que procure e encontre um outro lugar, de preferência desabitado, para prosseguir com seus estudos musicais, a fim de adquirir o quanto antes a destreza necessária para empregar a tuba de acordo com os cânones estabelecidos. Para tanto, recomendamos que se instale no Pântano Onde não Amanhece. Ali não fará mal a ninguém.

Cordiais saudações,
Dona Numerosa, prefeita
Dom Torsão, regente da banda

Como já dizia um parente do gato Kandás:

Não há nada mais surpreendente
que o que acontece dentro da gente.

Propício nunca o vira assim. Nem vestígio do Ricto. A expressão do pai era de absoluta e sincera consternação. Suas sobrancelhas eram a própria imagem da dor, e linhas trêmulas, em relevo, repetiam na testa a triste inclinação delas. Parecia até que uma ou outra lágrima desfizera em parte as olheiras azuladas do Imperador Sombrio, varrendo também a falsa palidez da sua pele. Hedião descolou os lábios e exclamou, a plenos pulmões:

– Sou um fracassado!

– Eu também sou, meu pai! – respondeu Propício, e ambos se abraçaram e choraram amargamente, mais unidos do que nunca haviam estado antes.

A várias ruas dali, ouviu-se uma voz de terra:

D...dosde...fun...tostragono..vas.

Mas ninguém ouviu o grave soluço.

Ninguém exceto a ex-carteira Quindimil, que deixara o seu posto nos Correios para virar novelista da vila, já que Froufe Lamas se tornara pedreiro municipal em substituição a Dino Soneira, que virara padeiro. O caso é que Quindimil não conseguia ter nenhuma ideia para a sua primeira novela, e decidiu zanzar altas horas da noite pelos arredores do cemitério para ver se assim lhe vinha a centelha. E deu com as chamas do inferno.

Soldado fito

Capítulo 50

A MAIOR BATALHA DA HISTÓRIA

Há séculos as duas civilizações se odeiam com paixão. Chegou a hora da batalha, o oceano é pequeno demais para abrigar tanta rivalidade. Os Fitos e os Zoos passaram os últimos vinte anos equipando seus exércitos. Naquele dia, Pouco ia ser testemunha da maior batalha da história, a julgar pelo número dos combatentes.

Entre os milhares de seres que povoam o mar, os mais abundantes são uns indivíduos microscópicos conhecidos como Plânctons. Pois bem, existem dois tipos de Plânctons: os Fitos e os Zoos. Os Fitos são gente diminuta de origem vegetal com um instinto assassino desenvolvido e um gosto por venenos. Os Zoos são minúsculos animais sanguinários armados até os dentes e carentes de qualquer tipo de piedade. As duas civilizações encontraram-se no Vale das Galinhas para se exterminarem de vez.

– À carga! Morte aos Fitos!

– Ao ataque! Morte aos Zoos!

E duas intermináveis fileiras de guerreiros, monstros acompanhantes, máquinas mortíferas e gigantes adestrados lançaram-se uma contra a outra diante do nariz de Pouco.

De repente, um par de Ventos Cambiantes Descolocantes de grau dezessete ou dezoito soprou e tudo mudou. O nosso amigo apareceu no meio da imensidão da Megalagoa Submarina, enredado na tuba e tentando assimilar a certeza de estar perto do fim da sua existência.

– Não hei de tardar muito a morrer de fome e sede. O melhor será aproveitar o tempo. Sou músico e penso deixar este mundo fazendo meu trabalho. Não me resta outra escolha!

E soprou a tuba devagar.

– Pou!

O som saiu numa borbulha, como vestido de mergulhador, e perdeu-se no espaço marinho empurrado por correntes invisíveis.

– Pou, pou, pou!

Soldado zoo

Capítulo 51

A MORTE DE LINA

Lina vai devagarinho, estica teimosa o pescoço, as pernas não lhe obedecem... Dá um passo a mais na Planície Pedregosa e cai.

Sua cabeça levou tempo para bater no chão. Antes de fechar os olhos, derramou uma lágrima por ter morrido sem ter salvo Pouco. Uma lágrima de água salgada.

Triste final para esta história.

FIM DA SEGUNDA PARTE

TERCEIRA PARTE

A MORTE, O MAR, A PRAIA

Capítulo 52

A MORTE

Já disse que talvez eu não seja um desses narradores que sabem tudo sobre a sua história, ainda mais num caso como este, pois... Quem é que sabe o que acontece quando se morre? Eu, pelo menos, não sei. Mesmo assim, posso contar o que aconteceu com Lina.

Lina morria, é certo: sua cabeça bateu com força na terra e seu espírito começou a ir para algum outro lugar. A moça parou de ver, parou de respirar, parou de sentir dor nas pernas, parou de sentir fome, parou de sentir aquele frio que empapava suas bochechas, parou de pensar e, finalmente, parou de ouvir as batidas do seu coração, ou quase – ainda teve tempo de ouvir como iam se extinguindo: pou... pou... pou...

Pou? Como assim, pou? Certo, Lina adorava Pouco, mas seu coração nunca soou assim, pou poupou. E Lina voltou a sentir fome e dor nas pernas. Pou, pou, pou, e voltou a sentir aquele frio nas bochechas. Pou, pou, pou, e voltou a respirar... mas sua boca se encheu de água salgada!

– Argh! Cof, cof!

Lina levantou-se e abriu os olhos.

Capítulo 53

O MAR

Lina, isto é, a cabeça de Lina estava numa praia imensa, e uma imensa extensão de água do mar se abria diante dela. Lina lembrou das palavras das girafas do seu sonho: "Quando uma girafa morre, ainda avança um pouquinho mais". Vai ver se referia a isto: Lina morreu na Planície Pedregosa, mas, por causa do enorme pescoço, sua cabeça avançou para além dos Montes Novos e do Milharal do Consolo, e chegou à praia, a Praia Lourida, pertinho do mar.

E o mar, com dó, fez para ela os últimos metros do caminho. Vocês podem ver as coisas assim, ou então achar que foi a maré que subiu, como preferirem. O caso é que Lina caíra no seco, na areia, mas logo o mar a cobriu e nele ela ouviu o inconfundível pou-pou da tuba de Pouco! Bravo! Encontrou-o!

Passada a alegria inicial, a moça se deu conta do quanto estava fraca. Não tinha forças nem para dar um passo a mais. Lembrou então das maçãs douradas que o rio Inrique lhe dera. Uma para ela e outra para Pouco. Tirou a sua da bolsa e comeu-a, faminta. Depois escavou um buraco e enfiou nele a semente, cobrindo-o com a areia. O jantar devolveu-lhe as forças e o pou-pou da tuba multiplicou-as por mil. Agora estava pronta para mergulhar nas ondas!

Devido ao quilométrico pescoço que ganhou com sua viagem até o mar, Lina tinha pé fosse qual fosse a profundidade do oceano. Assim, caminhou mar adentro, mergulhando a cabeça de vez em quando para seguir a pista da tuba.

– Pou, Pou, Pouco!

– Aprendeu a dizer o nome! – gritou Lina.

E seu corpo atravessou uma festa de aniversário na qual um rei com cara de mal-humorado jantava empanada com uma gaiola de pássaros na cabeça, enquanto seu povo aplaudia sem muita convicção.

Lina continuou caminhando, enfiando a cabeça na água para ouvir os progressos de Pouco e para se orientar no caminho que a aproximava cada vez mais dele. E atravessou uma terrível batalha, talvez a maior da história, com monstros e gigantes, máquinas mortíferas e exércitos incansáveis, milhões de minúsculos guerreiros matando-se sem trégua. Quem será que está ganhando?

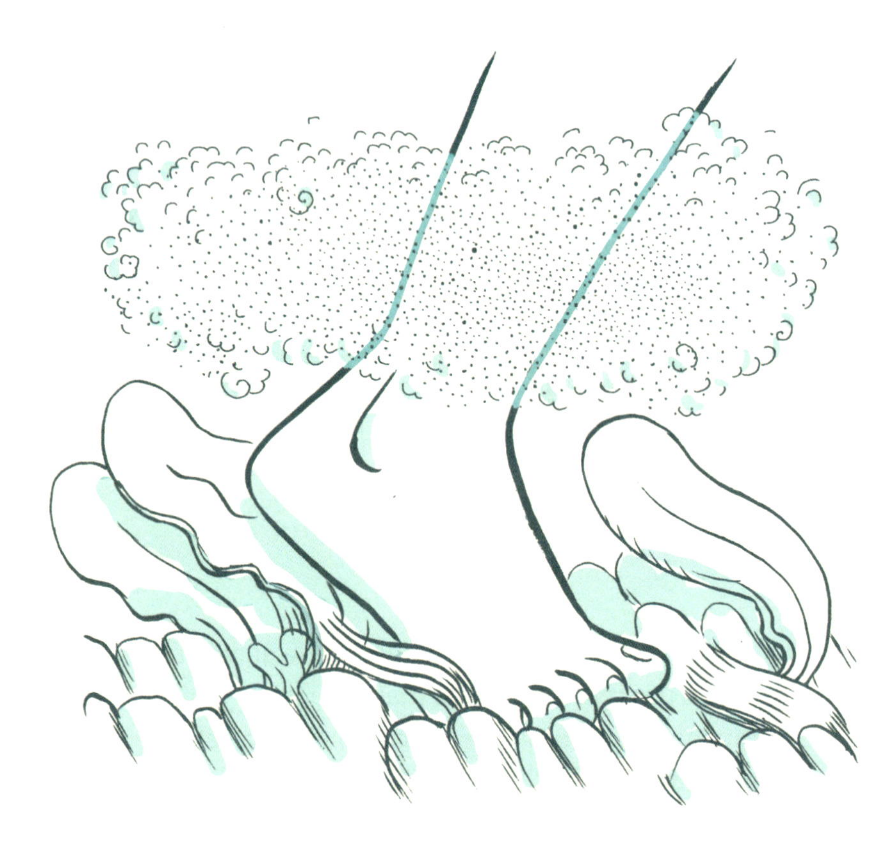

Depois de muitos dias, nos quais descobriu que Pouco aprendera também a dizer "casa", "árvore", "pássaro", "cama" e "sofá", por fim parou.

Pouco tocava a tuba de olhos fechados; Lina aguardou, paciente, que ele concluísse a peça. Pouco terminou e abriu os olhos. Ali, diante dele, estava o corpo de Lina, bem perto; reconheceu-a na hora, quase morreu de alegria. Logo depois, chegou a cabeça com o sorriso.

Pouco precisou escalar aquele infindável pescoço até sair à superfície. Uma vez ali, sob o imenso céu azul, separou seus lábios do bocal da sua tuba e deu um beijo em Lina. Depois tomou ar e voltou a assoprar pela tuba dizendo:

– Olá, Lina! Você não teria alguma de coisa de comer aí?

E Lina meteu-lhe a maçã dourada na boca. Pouco devorou-a, faminto, e a semente caiu e se perdeu no fundo do mar.

Capítulo 54

PRAIA LOURIDA

— Você parece mudada.

– E você está falando. E que vozeirão!

– E como foi que seu pescoço ficou assim?

– De tanto procurar você.

– Você está bem? Dói? Talvez você tenha de fazer fisioterapia.

– Não me incomoda nada, e tem suas vantagens: graças a ele, estamos agora juntos.

Tinham muita vontade de voltar para casa, mas ainda se demoraram um tempo naquela praia. Falando, dormindo, beijando-se e também comendo. Alimentavam-se das maçãs da macieira que brotou no lugar onde Lina enterrara sua semente.

fim da terceira parte

e do livro

Esta obra foi composta com a tipografia Italia
e impressa em papel Off Set 90 g na Gráfica Santa Marta.